網川漱玉

網路古典詩詞雅集週年紀念詩集

作者◎李德儒・卞思・楊維仁・碧雲天・望月・小發・寒煙翠・子衡・藏舍主人・風雲

網川漱玉

網路古典詩詞雅集週年紀念詩集

目錄

◎出版緣起 — iv 楊維仁‧李啓嘉

◎羅尚先生詩代序 — ix

◎張夢機先生序 — x

◎林正三先生序 — xii

◎浮雲遊子意 — 1 李德儒

◎微雪齋吟草 — 21 卞思

◎維仁詩鈔 — 39 楊維仁

◎枕流集 — 59 碧雲天

◎望月吟微 79 望月
◎蕪晴隨筆 97 小發
◎寒煙藏筆 115 寒煙翠
◎子衡詩稿 133 子衡
◎藏舍詩稿 151 藏舍主人
◎煙雨詩情 173 風雲
◎詩薈唱酬 193
◎詩薈徵詩 205
◎詞萃選錄 231
◎編後語 239

出版緣起

《楊維仁・李啓嘉》

台灣古典詩壇，可以上溯明末沈斯庵東渡來台，三百多年來，雖然經過易鼎改隸，風氣移轉，仍然弦歌未輟，吟詠相續。目前台灣仍有不少傳統民間詩社與大學詩詞社團尚在活動，古典詩寫作者與作品的數目之多仍然遠超過一般人的想像。但是文學創作在台灣本來已是日趨「小眾」的活動，而古典詩則更是小眾中的小眾，處在整個時代趨尚中，終屬涓涓細流。網路興盛後，傳統文學的書寫也逐漸流轉其上，古典詩也分別在BBS及WWW的介面上，形成新的創作社群，在互動交流中形成特殊的結社型態。

相對於現代詩因爲網路漸趨個性化與多元化，現階段網路古典詩創作，卻只是轉變了聯絡和發表的媒介。古典詩人對於詩詞格律、語彙、意象、修辭等傳統，皆或隱或顯地有所堅持，而創作活動仍然保持著較爲傳統的課題、唱酬、閒詠等方式，並不因爲載體改變而產生新的書寫模式。相對現代詩的網路創作，與平面詩壇保持平行的姿態，網路的古典詩作者則與傳統民間詩社呈現較爲特殊的關係，不少WWW介面上的寫手本身也參與民間古典詩社的運作、聯吟，甚至參與平面詩刊的編務；而BBS上的活動，許多根本是大學古典詩社團的活動翻

版，參與者本身就是社團的核心人物，一年一度的全國大專聯吟活動更是這輩年輕創作者的共同記憶。網路的古典詩創作者一方面參與傳統詩社的活動，一方面也希望爲傳統詩壇注入生機與活力。網路自由發表的場域特性使得創作回歸個人主體，作品反而能回歸傳統詩詞言志、緣情的大傳統。即便是酬唱與課題，也擺脫了較爲僵化的擊缽式詩題。而結社的特性，使得古典詩活動有不同的宣傳管道，並透過社群互動，延續或維護古典書寫的傳統。

早先，符合傳統音韻格律的古典詩很少在WWW上出現，BBS上的創作發表雖然稍早一些，然而古典詩作者往往只能浮沉在詩版的現代詩洪流中，各大學古典詩社的佈告欄版面上，也只夾雜在社務及聯誼活動的公告之間，偶爾零星出現詩作。一九九八年【藝文聚賢樓】網站創設之後，網路古典詩詞逐漸興起；一九九九年【雅軒畫廊】、【環球詩壇】和【古典詩圃】先後成立，與【藝文聚賢樓】一起推動網路古典詩詞的風氣。二〇〇〇年九月，【藝文聚賢樓】等七個網站共同成立【詩詞討論發表區】，利用各自的網站討論版分工合作，開拓網站聯盟的雛形。二〇〇一年十月，這七個網站正式成立【古典詩詞網站聯盟】網站，依照功能劃分各版分工合作。【詩盟】在網路詩友間有頗高的評價，不少BBS上的創作者也因而流向WWW介面上，但面對匿名而自由的網路發表生態，古典詩創作者仍不斷在適應和探測。而【古典詩詞網站聯盟】也在二〇〇二年一月間因故解散改組。

二〇〇二年二月廿六日，適逢壬午年上元節，【網路古典詩詞雅集】正式開版成立，創始會員爲李德儒、南山子、卞思、子惟、楊維仁、望月、碧雲天、小發、子衡、寒煙翠，內容則包含「詩薈」、「詞萃」、「新秀鍛鍊場」、「詩詞小講堂」等四個單元，與「南山詩社」、「興觀網路詩會」兩個詩學組織。目前註冊會員已逾四百人：從地域來看，雅集會員以台灣佔多數，但也包含了中國大陸、香港、澳門、美國、歐洲的詩友；從成員年紀來看，從年逾古稀的「詩翁」，到十幾歲的青少年都有，年齡層面涵蓋甚廣；從國文學養來看，雅集的註冊會員包含大學中文系所的師生，也有中學的國文教師，當然，更有許多非中文科班出身，卻深具詩詞文學素養的詩友。如果從職業來看，那更是五花八門，寫詩的朋友居然分布在各行各業。

這麼多不同地域、年齡、職業、背景的詩友齊聚一網寫詩論詩，不是兼具高雅與樂趣的韻事嗎？詩詞同好利用網路便捷的功能，跨越了空間時間的限制，在【網路古典詩詞雅集】內或發表自己的詩詞、或評論別人的作品、或與詩友互相酬唱往來，這是何等的風流文雅！我們試以「詩薈」版中徵和紅樓夢白海棠詩爲例說明，紅樓夢第卅七回記載十三元韻詠白海棠的七言律詩六首，子衡在「詩薈」版貼出這六首白海棠徵求步韻和詩，原以爲十三元韻這幾個韻腳不好寫就，不料此項活動竟蔚爲一時風潮，參與討論與創作的超過六十人次，而參觀此一主題的詩友，居然高達兩千八百人次！

【網路古典詩詞雅集】主要單元包含「詩薈」、「詞萃」、「新秀鍛鍊場」、「詩詞小講堂」四個版面：如前所舉白海棠詩之例，「詩薈」版正是網友發表或討論古典詩的園地，這個版面發表的詩作，以律詩和絕句爲主，也有一些古體詩創作。「詞萃」版則專供塡詞發表討論之用，「詞萃」裡寫過的詞牌相當多樣化，我們平日常讀到的詞牌，幾乎都可以在此處讀到現代人的作品。「新秀鍛鍊場」則是專供初學古典詩詞者在此發表習作，希望藉著切磋琢磨，使初學者能夠迅速一窺古典詩詞的門徑。「詩詞小講堂」則是專供網友發表詩學的理論或心得，期望詩詞創作的學理與實務並重，進而提昇創作的水準。此外，「藝語」單元經常性張貼一些實際詩壇的活動、比賽、出版訊息，也可使網路虛擬的詩詞世界能與現實接軌，而不至於坐井觀天。我們偶爾也仿效傳統詩社舉辦課題徵詩的活動，並邀請台灣望重詩壇的名家擔任詞宗評選，希望藉此切磋詩藝，並增添網路活動的多樣性與趣味性。

【網路古典詩詞雅集】成立半年時，曾於二〇〇二年七月二十八日在台北舉行網路詩友聚會，與會詩友三十四人，並邀請羅尚先生、張國裕先生、莫月娥女士三位詩壇前輩蒞臨指導。活動內容包括詩友聯誼交流、創作實務討論、徵詩頒獎、吟唱表演等，這次別開生面的網路詩友聚會，可謂是爲台灣的詩會另闢一種新的模式。會後幾位版主商議決定：雅集一週年慶的時候再舉辦一場網路詩會，並出版紀念詩集。

這本《網路古典詩詞雅集週年紀念詩集》採取合集的方式，邀請雅集十位版主共同出版，所以實際上等於是十位網路古典詩人的紀念詩集。爲了突顯網路古典詩詞的特性，我們也徵得其他作者的同意，附錄了曾經在【網路古典詩詞雅集】發表過的同題唱酬作品，以及徵詩比賽名列前茅的佳作。十位版主分別居住在紐約、台北、彰化、基隆、高雄，而所附錄詩詞的作者，更是遍布在台灣各地以及中國大陸、香港、美國、歐洲等地，充分表現出網路古典詩詞跨越了空間限制的特性。

【網路古典詩詞雅集】以推展古典詩詞的創作爲理念，我們深信：傳統詩詞的意境、修辭、音韻、格律既已流芳百世，自有其不可磨滅的價値，現代生活的所見所聞所感，當然也可憑藉古典的旋律適切表達。希望藉由我們共同的努力，可以在現代的天空下，守護著一片純古典的花園。我們深信：這是第一本網路古典詩詞的出版品，形式上迴異於千百年來的詩詞合集，實在具有深刻的意義！

羅尚先生詩代序

【其一】

更於何處去尋詩，海嶽英靈悉在茲，
秋菊春蘭香不斷，高岑元白喜同時。

【其二】

江河不廢與時新，挽轉人間已逝春，
香火東寧三百載，諸君才調世無倫。

張夢機先生序

【網路古典詩詞雅集】，顧名思義，蓋流傳網路，相互閒詠、鳴酬之什也。以積稿漸豐，將匯輯成冊，付諸剞劂，而乞余一言以爲敘。余觀雅集諸弟，皆少年如春，才思飆舉，蘊含無窮創作潛力。所爲絕句，貌澹神逸，律詩則聲切字穩，詞亦醰醰有味，擢秀流輩。七絕雋句如：「山青未見秋霜至，不道紛飛入鬢中」（孟秋）、「庭柯不意何時綠，已換新妝褪舊塵」（春日雜書）、「漫吟散髮盤磯上，閒釣一竿秋水來」（秋溪夜釣）、「何如一樹天然色，便是粗枝也有情」（粗枝）、「葉殘更見崚嶒骨，不爲東君綠一分」（春菊）、「清江瀲灩凡塵遠，直向天河釣月鈎」（漁子）等，莫不吐屬雅馴，各見才情，殊非一般語木聲稀者所可企及。集中佳製，大抵如此。

余浣讀該集四過，欣喜無既！然芻蕘之見，約有三端，茲繫諸左方，或可供雅集諸弟參鏡焉：

（一）詩貴各體悉備，不可偏嗜。是以規摹律絕之餘，亦宜多誦習古風，深信沉潛日久，裁章時必能收開闔盡變、波瀾壯闊之功。

（二）以新詞彙入詩，最忌貪使濫用，流於俚俗。反之，須熟諳截搭之法，令古今遞用，巧取平衡，賦古典以新貌，而不覺其突兀礙眼。苟如此，詩作必既具時代感，亦免淪於傖父面目。

（三）詞之爲體，醞藉空靈，能言詩文之所不能言。故素重文小質輕，婉曲迴環，縱作豪宕語，亦當儘量避免粗獷叫囂，鱗爪畢現。雄豪中帶婉約，矜嚴中有嫵媚，始不悖詞體之美。

余青衿而還，搜句自娛，惟當年賡吟者不過一、二人而已，其孤獨寂寥可知。而今者吟詠日眾，網路詩社林立，桴鼓相應，篇什相酬，何缽友鷗朋之盛耶！茲集之刊布，殆其發軔耳，期以三、五載，必更有可觀，余且拭目俟之。

林正三先生序

處此資訊昌明時代，社會上休閒事物日趨多元，於有關淨化吾人心靈之藝文活動，因其學習過程，往往須花費較長時間之沉浸薰陶，故非有極大毅力與決心，率不爲功，迥非世俗聲色之娛易於引人流連。古典詩詞更因其聲韻與格律要求嚴苛，而使有志於此者望其門而卻步，誠所謂「曲高和寡」者也。

揆諸本省諸多從事於古典詩詞創作者，約可分成三大社團型態，其一爲以傳統詩學會成員爲骨幹之本省民間詩人，其中包含未加入學會者，粗估約數千人；其次爲以中華詩學研究所爲主，尚含古典詩學會、楚騷研究會之成員（大抵以當年隨國府東遷及爾後渡海來臺之大陸人士爲主）約計數百人。該兩社團之古典詩詞創作者，普遍存在著年齡漸趨老大問題，而年輕一輩又無意於此，故頗有後繼無人之隱憂。另一類爲以本省各大專院校中文系所教授與學生爲主之學院派，由於詩學、詞學爲中文系所學生學程中所必修之課業，不得不勉力爲之，然或因志不在此；或因未有繼續切磋進益之管道，一旦畢業仍能從事創作者，可說寥寥可數。如此任其荒廢之結果，不出數年，已茫然不知詩爲何物矣！

邇來拜網際網路興起之賜，資訊傳輸瞬息萬里，無遠弗屆，復因龐大資料庫及便捷之搜尋功能，更爲藝文交流及資訊之取得，提供快速管道，因而形成了廣大之網路古典詩社群，毋寧是給與古典詩詞創作者一個再生契機，惜乎致力於法緒傳承之詩學指導者，及社團中間幹部，似尚未及注意到此一趨勢，亟待有心人士之扢揚鼓吹。【網路古典詩詞雅集】網站，正是應乎此一時代潮流而產生者。雅集之成立，乃集合【藝文聚賢樓】、【雅軒畫廊】、【環球詩壇】、【古典詩圃】等網站之精英所組成。網站內容涵蓋以傳統詩詞爲主之古典文學，提供網友作爲觀摩、切磋、研討、交流、品評、競作園地，對於打開古典詩創作者之視野，並與全球同好接軌，袪除地域限制，而爲傳統文學拓一境界，誠所謂開風氣之先者也。目前網際網路中有關傳統詩詞之網站蓬勃蔚起，當不下數十，然因部分主其事者，囿於古典詩詞格律認知不足，致產生許多仿古詩詞，對於傳統文學未嘗不是另一種傷害。【古典詩詞雅集】則是少數主張以正確格律與聲調爲基本要求之網路社團，其相關各版專司其職者，皆有極高素養，刊登作品亦少有目前擊缽詩界之陳言習氣，實乃極爲可喜現象。然所謂「文勝質則史，質勝文則野」，如何在文質相權中，尋求最佳之藝術創作，則是傳統詩壇全體成員，亟應共同嚴肅思考之問題。

緣於當前古典詩詞創作者，大部分年齒偏高，對於電腦網路運用，普遍存有「未入其門，已先卻步」心態，而造成傳統文學傳承障礙，亦不利於學識交流，而雅集成員中，部分出自傳統詩壇，平時亦參與詩社活動，正可吸取其寶貴經驗而餔醇去糟、存精汰弊，以爲承先啓後之資。並爲傳統詩壇之網路化起導引作用，此乃關心古典詩未來前途者，共同之厚望也。

於今【網路古典詩詞雅集】中各版版主，將其歷年來珠玉之作，擇其上選者彙爲一輯，顏曰《網川漱玉》，付梓之先，有幸一一拜讀，其中頗多意境清新、筆調流暢作品。鑒於雅集成立雖甫匝歲，而有此豐碩成果，殊屬難得。成員中多數爲個人網上摯友，不以疏才薄學見棄，索序於余，固辭不得，爰就古典文學結合網際網路之當務之急，作一闡述，並共勉之。

浮雲遊子意

遊子多情懷梓里，浮雲千載閱滄桑

李德儒

【七律卷】

浮雲遊子意

身若浮萍逐浪潮，天涯寄寓意沉消，
雲煙重鎖鄉關路，子夜常思楚地謠，
難似兒時遊故苑，唯將心力育新苗，
十年一覺金山夢，已化茫茫白雪飄。

浮雲遊子意

江海飄遊客地棲，鄉關茫渺望雲霓，
挑燈子夜情難已，回首前塵意未迷，
世事紛紜浮若夢，襟懷坦蕩淨無泥，
閑來猶把琴書弄，縱是人微志不低。

主持新秀鍛鍊場多年有感

偶得機緣結網緣，勤將新秀渡長川，
頑愚只作輕聲勸，惡語由來一笑蠲，
常道詩詞先重意，莫因文字陷深淵，
但求來者多磨練，步上南山百尺巔。

紐約東河獨坐有感

歲月何曾有倒流，臨江惆悵望行舟，
眼看潮湧千層浪，心繫煙消雙子樓，
衣塚堆成添涕淚，干戈難得泯恩仇，
無窮天地無窮恨，恰似東河永不休。

奉題敏翔詞老《古今律聯韻粹》敬步維仁兄原玉

新詞舊調倍超凡，盡日研磨興未芟，
拋擲韶華成秘笈，坐收詩草入書函，
爲追杜甫堅持久，莫笑王維自律嚴，
啓後承先編韻粹，常因覓句每如饞。

赫德遜河初春月夜

似瀉銀河綺夢多，冰輪倒影弄微波，
春風暗送人間暖，疊浪輕傳子夜歌，
夾岸高樓爭聳峙，歸航鳴笛互穿梭，
泠泠碧水明如鏡，映入重霄伴素娥。

香城景色吟 照鏡潭

寶鏡千秋翠谷藏，珠簾掩映碧茫茫，
一泓清澈圍花徑，萬樹婆娑作苑墻，
素月流空常弄影，新娘對面巧梳妝，
仙緣結合隨風去，化蝶雙雙舞綠楊。

香城景色吟 新娘潭

步盡幽林別有天，寒潭秀麗寄詩篇，
痴情鴛侶諧連理，怒嘯山洪碎夙緣，
汩汩泉頭流淚水，蔥蔥翠谷葬嬋娟，
幽魂月夜堆雲髻，此恨綿綿長掛牽。

注：新娘潭和照鏡潭相對。

香城景色吟　獅子山（香港回歸）

臥睡龍潭歲月更，慘經屈辱獻城盟，
絕憐恥約悲歌恨，最厭爭權奪利聲，
百載蒙羞傷積弱，一朝歸政享昇平，
醒獅再吼驚天地，長耀荊花萬世名。

香城景色吟　青馬大橋

跨海何須破浪潮，游龍隱現碧雲霄，
鱗光閃閃波濤湧，虹彩彎彎車馬飆，
風霜侵犯仍蹲伏，仙槎空渡嘆蕭條，
牛郎暗向人間妒，未見銀河有此橋。

香城景色吟　梧桐寨瀑布

銀龍困谷起哀鳴，難赴汪洋掣巨鯨，
捲雪轟雷翻駭浪，驚天撼地震邊城，
主流長作三山隱，驟雨猶添萬馬聲，
壯志未酬囚淺谷，有誰知我此時情。

注1：此詩作時剛失業，由大廚師成為衣廠小工。
注2：末句借句

敬和子衡《無題》

夜夢尋春已覺遲，再回頭處恨低眉，
緣留盡處皆天定，情到濃時暗自悲，
衣上酒痕和淚混，枕邊愁思有誰知？
捲簾欲問敲窗雨，久別重逢在那時。

有感

飄萍只恨未逢時，千載誰吟感遇詩，
一職難求情慘澹，數番奔走意迂癡，
天邊寒雁還他去，塞上征人何所之，
滿地荊榛誰可剪，不堪冷月夜淒其。

歲末感懷　依元玉敬和張鳳春詞姐

夜闌擁燭數寒更，無限唏噓記舊情，
一事難成緣學淺，半生積蓄似煙輕，
未因落拓求占卜，不慣逢迎拒釣名，
歲月艱辛何所懼？疏狂我自續前行。

疊韻敬和慶輝詞長

百載春秋轉瞬更，交遊四海盡朋情，
閒吟詩卷何其樂，暢聚天倫愛匪輕，
參透禪機忘得失，莫爭朝夕競浮名，
甘拋俗事雲宵外，明月清風伴我行。

題陳慶輝兄水雲畫

水雲深處是誰家？鷗鷺雙雙舞海涯，
翠樹含芽迷曲徑，清溪繞屋過籬笆，
籠煙輕罩千尋壁，濁浪經淘萬載沙，
遙望南山飛彩瀑，猶如仙女散仙花。

近晚秋林

斜陽欲墜掛疏林，一片嫣紅一片金，
荒草离离添冷寂，西風瑟瑟倍蕭森，
黃花陌上通三徑，倦鳥天涯動客心，
秋去秋來秋復至，奈何逝水不重臨。

雨夜敲詩

殘卷紛披几上橫，猶睜倦眼硯田耕，
明燈照影憐孤坐，夜雨敲窗報五更，
倚座沈吟思錦字，尋章無緒聽鐘聲，
深宵未睡催詩急，語不驚人卻有情。

晚晴 向華埠老人中心耆老致意

休道春歸日暮遲，晚晴幽草倍多姿，
因緣偶聚鄉關外，相互提攜憂患時，
往昔謀生離故土，如今散葉在天涯，
移民史上英雄淚，斬棘披荊更有誰？

無題 答慶輝兄

相逢自是有緣人，歧路何妨細問津，
夜聽琴歌多灑脫，情牽花月更怡神，
閒將網絡詩詞送，偶遇朋儔唱和頻，
落寞生涯君莫怨，由來心靜自無塵。

庚辰除夕感賦

莫把哀詞送舊年，且將歡樂接新天，
修身立業心康泰，持節安貧氣浩然，
黃口雛兒存孝悌，白頭老伴更情牽，
工餘偶把宮商弄，一曲胡琴俗慮蠲。

無題

葡萄喝罷醉顏酡，且把憂愁盡化歌，
已得青山情景樂，莫沽名利厭煩多，
人生積極高峰闖，夢幻疏狂歲月跎，
知己全憑肝膽照，天涯海角共吟哦。

紐約朝暉

昨夜風雷襲紐城，雲煙散後報新晴，
朝陽燦爛群峰現，都市繁榮萬象更，
車水馬龍人倍湧，商場股票利餘盈，
盡除荊棘光明亮，再度鷹揚萬里征。

注：寫於九月廿九日狂雨後的清晨

觀魚有感

隔別江河棄濁流，幽居戲水樂悠悠，
閒觀世態千般事，靜聽人生百種愁，
未慕繁華追利祿，唯求安逸度春秋，
任他窗外狂風雨，自是逍遙缸內游。

【詞卷】

臨江仙 秋荷

仙子凌波迷曲徑，荷開水殿飄香。含苞欲放翠鈿裝。
臨風相競艷，神采更飛揚。
葉下洞庭秋復至，堪嗟世事無常。獨留玉骨鬥寒霜。
亭亭朝朗日，高潔與天長。

臨江仙 讀楊維仁兄記《謀生無補悔吟詩》後感

古典文章沙漠客，行來何取功名。更兼無路及公卿。
詩詞多冷落，倚馬更凋零。
推動悉心傳網絡，書刊報業經營。無求默默作長征。
清貧存氣節，十載苦書生。

臨江仙　千禧書懷

驚破殘更春夢曉，殊鄉漂泊魂銷。無言對影立中宵。
韶華經逝去，壯志漸磨消。
一事無成生計苦，心聲翰墨難描。千禧寄望送愁潮。
未求添富貴，只願育新苗。

臨江仙　東河垂釣有感

月底東河垂釣，和風輕送蟲聲。渡頭間見翠苔青。
竹竿微晃動，漁網作相迎。
本是逍遙自在，何貪俗利沽名。水中無慮任游行。
一時悲失足，千古恨餘生。

臨江仙　清明節步陳靄文兄原玉

三月踏青多感觸，浮生慨嘆如鴻。窗前殘燭怯東風。
千秋名共利，盡付綠茵中。
應把愁懷埋尺土，無須運怨途窮。高山處處可留蹤。
因緣天早定，何必與人同。

思佳客　觀二〇〇二年秋華埠首度閨秀書畫作品展後感

水殿山村入畫屏，銀鉤鳳舞溢芳馨。
流連畫閣歸無意，恍忽風香墨有情。
閨秀聚，試啼聲，一天秋色動全城。
群芳薈萃丰姿展，紙上騰飛萬里征。

鷓鴣天 無題

綠樹婆娑草接天，青山落照更聞鵑。
江湖牢落人傷老，萍絮飄搖步怯前。
鴉滿塢；路鳴蟬，高樓難會月嬋娟。
且拋身外千重慮，換取無憂一夜眠。

鷓鴣天

老態原來早付從，黑花飛眼見龍鐘。
做工不復當年勇，食肉常悲鍥齒窿。
嗟落日，怯寒風，中宵回首月明中。
高樓遙向嫦娥問，何以千秋一樣容。

鷓鴣天　罵奸貪．頌清廉

腐化清廉隔線繙，何堪利誘墮凡塵。
腥羶處處無佳土，蛇鼠時時虐蟻民。
追禍首，究原因，斂財牛鬼屬天親。
貪污害盡家邦事，掃穴猶當拔棘榛。

鷓鴣天　敬步慶輝詞長七夕瑤韻

煙鎖銀河分外幽，輕紗籠月換新裘。
良宵一夕牛郎會，織女無心機杼鉤。
憑喜鵲，聚橋樓，何時永久抱溫柔。
相思淚化千行雨，洒向槐陰老樹頭。

思佳客 習詩有感

燈下辛勤習古風，夢鄉歧路各西東。
窗前掛上三更月，壁裏藏書半點通。
人已倦，思何窮，甚教妙計去無蹤。
修辭覓句嗟無力，恰似孩提學步同。

李德儒

《詩人隨筆》

出生於廣東省開平縣沖澄鄉新田坊，
幼時在香港長大，
十六歲移民美國紐約市。
於一九九九年正式加入環球詩壇，
同年在網上認識陳慶輝詞長、陳耀東詞長和楊維仁詞長。
當時討論版是各自為政，
後來加入了張國才詞長、碧雲天詞長、小發詞長、
寒煙翠詞長、風雲詞長和皮葉詞長。
後因覺像一盤散沙，便合組詩盟，
由各版出一討論版，分開主持政務。
後來因某緣故另組詩詞雅集。
自早期的詩盟到現在的雅集，
都是主持《新秀鍛鍊場》。

微雪齋吟草

山寒微有雪，石路本無塵

卞思

【古體與七絕卷】

山齋

2002/7/12

山齋名微雪，心知不久存，海嶼常暑熱，秋冬唯霜痕，
山深縱有雪，不敵南風薰。薰風豔桃李，連綿十萬里，
玉骨俱銷融，冰顏付夢裡。唯賦歸山居，因愛綠常倚，
清露點碧茵，高芽舒雲底，蔭深鳥鳴幽，潭淨天如邇，
坐臥石頭邊，徜徉忘所以。

秋日有感

2002/10/29

金風一夕換悲歡，霜葉紅時雙鬢殘，
幾度青山能與共？瀟瀟唯對楚天寒。

秋山訪友

2002/10/9

夾道疏藤編紫霞，秋嵐冷盡最高花，
翩翩落瓣風前引，遙向雲間第幾家？

欲寫詞萃版夏季徵詞未得

2002/8/25

春庭猶記綠初抽，欲寫芳菲意未酬，
禿筆搖殘無一字，曆書翻過竟逢秋。

孟秋

2001/8/21

每恨驕陽炙面紅，平明翹首盼西風，
山青未見秋霜至，不道紛飛入鬢中。

初寒 2002/11/4

三日晴光一日寒，西風迢遞渡重巒，
著衣薄厚均成惱，能遣秋雲爲探看？

聞節氣紊亂有感 2002/10/4

漫捲疏簾橫碧空，孤松擎翠入望中，
閒花無處著痕跡，任是東南西北風。

注：二〇〇二年（壬午）仲秋，新聞報導台灣節氣紊亂，秋冬季節時有高溫，甚至攝氏三十餘度，致各花期大異，如春季櫻花早發於秋冬，五月油桐十月復著花，幸吾居所四周渾同於往常，是日讀佛典天女散花一案，因有所感。

陽明山清澗

2002/9/6

隨山百轉到人間，銀練由來遠自天，
圈得幾方清鑑好，晴看雲影雨看煙。

風鈴

2002/5/6

臨窗攬翠自亭亭，時有涼風著意經，
不羨琉璃懸幻境，銀心木鐸更宜聽。

歎落花

2002/10/1

枝頭昨日意猶春，粉蝶金蜂逐馥頻，
一夕霜風誰料得？壇空唯剩掃花人。

詠秋荷

2001/9/7

碧魄經霜便不同，金衣化現淨池東，
秋波臨去風華豔，豈向人間爭翠紅！

注：見秋荷夕照攝影作品一禎，葉脈俱已凋殘，映日成金，唯紅蓮一朵，於風中絕豔！

詠竹

2002/1/29

雅意曾邀蘇子贊，清音也伴病瀟湘，
從來勁節擎天月，垂綠涵虛氣更昂。

畫蘭有感

2002/6/8

素箋揮就得天嬌，墨葉長牽韻自饒，
不倩香風傳媚意，蔥岩舒蕊正逍遙。

夏日閒情

2002/11/25

一扇柴窗懸白月，幾聲蛙鼓伴書香，
此中眞味難持贈，只道風清好納涼。

【七律與五律卷】

喜見立鶴花

2002/5/30

白玉欄前綴紫英，圓心初展露珠盈，
長條嬝弱因風起，瘦骨嶙峋傍石生，
不擾蝶蜂矜逸態，但隨煙雨舞悠情，
當年偶種三分綠，染就今朝一架清。

冬雨杜鵑

2002/3/10

驟雨凝寒凍晚天，青旛不及護芳妍，
繁花零落香成土，末歲凋殘玉化煙，
閒院餘風何限冷，空枝掛淚尚堪憐，
纖纖無奈空啼血，染盡青苔竹檻前。

注：二〇〇二年（辛巳）暖冬，於楊梅見早發杜鵑一株，未幾驟冷，遂亦凋殘零落矣！

苦吟

2002/8/21

銀盤黃落幾更天？倦眼挑燈不肯眠，
已恨紅塵勞病骨，猶撐薄力累詩箋，
枯腸搜盡情難切，舊典翻蜷句未全，
縱是心魔何忍棄？蝕魂一夜曉風前。

遣酒

2002/8/8

杯兮一句汝來前，老子今朝效舊賢，
檢點千年澆惑亂，周旋幾個賽神仙？
仙鄉易醒詩猶累，病骨常衰性愈癲，
始信居心深魅世，合該流放白雲邊。

待客

2001/12/13

歲末輕寒逢暖冬，病軀初癒喜和風，
但聞簷雀啼微雨，更待冰蟾破澹空，
竹室雖嫌佳釀少，泥壺不減老茶紅，
客來應是無拘檢，閒踏苔痕過綠叢。

遷居

2001/7/16

鬧市難辭塵事忙，爲尋清趣到南鄉，
滿窗煙樹幽然綠，半盞春茶自在香，
晴看層霞流緞軟，雨聽空谷落珠涼，
來鴻何必憂寥寂，一覺不知山葉黃。

觀宋徽宗《臘梅山禽圖》有感 2002/2/5

山禽無語唯矜態，梅粉有心還弄柔，
帝子錯承文士種，文才難復帝王州，
丹青枉作千秋約，憾恨曾皤少壯頭，
百代空留三尺絹，猶書鍔鍔瘦金鉤。

注：宋徽宗《臘梅山禽圖》自題詩云：
「山禽矜逸態，梅粉弄輕柔，已作丹青約，千秋指白頭。」

柳 2002/7/16

臨池沐長髮，雲自鬢邊生，
青舞綰春色，碧垂牽舊情，
曾依灞橋立，慣送玉關行，
多少英雄淚，如今記不清。

秋燕

2002/9/1

每疑樑上燕，何事日斜斜，
不畏秋霜冷，寧耽北地華？
燕呢如解語，風叱忽穿枒，
俄爾凌空下，啣來白葦花。

新月

2002/7/16

欲掃玉蟾眉，臨風折露枝，
天遙空晝夜，心澹漫巡池，
素影娉婷處，寒芒搖落時，
銀勾凝點淚，竟夕惹沉思。

【五絕與詞卷】

風竹

2002/12/6

朔氣降南域，群英委亂叢，
寒山重暮下，獨挺一竿風。

注：降，用降服意。

見落日白鷗有感

2002/7/26

素衣排暮色，孤影落蒼茫，
一意風前逐，爭知向夕陽。

無題次韻

2002/7/17

曉霧迷秋色，疏簾透冷風。
單衣人獨立，一夜看殘紅。

秋日有感

2002/7/17

寒蟬何切切？鳴得晚霜濃，
愁起尋無處，秋階落葉重。

西江月 聆鋼琴曲 2001/12/8

落葉隨風何處？秋愁卻上眉稍，
縱誇琴韻入雲霄，簾外憑誰知曉？
唯有寒蟾深意，殷勤不問天遙，
冰心一片爲君拋，誰道清輝已少！

如夢令 2002/6/15

誰道情根深種，應是蒼天作弄。
驚對鏡中人，空歎鬢雲霜重，
如夢！如夢！
昨夜依稀相送。

憶江南　下班路上

秋夜裡，孤月伴人行。
小徑風迴寒有信，濕泥葉落悄無聲。
何處淡香縈？

2001/11/1

漁歌子　秋光

圓月清清映綠江，扁舟斜掛竹堤旁，
青石淺，白蘆長，銀絲一夜釣秋霜。

2001/10/13

漁歌子　秋光

秋月玲瓏倚露窗，寒蟲聲細繞前廊，
風乍冷，夜初長，憑欄一院桂花香。

2001/10/2

《詩人隨筆》

卞思

本名李佩玲，中山大學中文系畢業。
唸書的時候，還沒有什麼大專聯吟之類的活動，
校園裡古典詩創作的風氣也不盛行，
所以除了在修習詩選課程時，曾經胡謅過一兩首詩應付老師要求的作業外，
可以說幾乎不曾嘗試古典詩詞的寫作，誰想到畢業多年之後，
誤打誤撞，竟會走入古典詩詞的殿堂！

與古典詩詞網站的接觸，最初是在一年多以前，
經由維仁詞長的「古典詩圃」進來的，
原本是抱著好奇、旁觀者的心態偶爾上去看看，沒想到偶爾變成了經常，
經常又變成了天天，更進而對著鍵盤敲敲打打打、嘗試創作起來。

記得那時候，曾有朋友問我：爲什麼要從事這種古老又過時的文體創作？
是的，古典詩詞確實已遠離了它光芒璀燦的黃金時代，
如今的詩壇，就算再有才高如李杜者，恐怕也難與前人媲美了，
更何況像我這般慵懶愚拙的人。

只能說古典詩詞的寫作要求適合我個人舒發感情的習慣——
懶散，所以不喜歡打很多字；健忘，所以構思的東西不能太長；
但是一點小思緒，卻會在腦子裡盤旋不去。

所以沒有什麼承先啓後、繼往開來的抱負；
也缺乏反映時代、烙印歷史的胸襟，
只是把當下的一點小悲小喜、一時無由打理的情緒，
藉著琢琢磨磨的功夫，做一點宣洩。

然而，創作古典詩詞就如撥動箏弦，即便是技巧拙劣、無曲無調，
但隨手一撥，千百年來前人凝聚於弦上的美麗音符，仍然會盈盈流洩，
清清泠泠地，就這麼、滌盡了我心上的塵埃。

維仁詩鈔

繁華街肆聲光炫，我自悠哉逐好風

楊維仁

【編年詩卷】

松

1986/12/11

鶴壽龜齡閱歷深，昂然挺立傲山林，
不同桃李競顏色，好與風雲談古今。

注：南盧吟社課題

聞雷

1986/12/21

猝爾聞之裂肺肝，龍吟貫耳寢難安，
雷霆自恃萬鈞力，叱吒風雲驚夜闌。

偕故人飲 1988

開懷痛飲恣輕狂，情暖心胸酒暖腸，
昨日雲煙隨興數，前途遙望共醺茫。

注：二月六日與俊偉、武炫、國智夜飲於淡水，大醉。

春日雜書 1990/12/23

淡霧濃雲三月晨，東風柔弱日華醇，
庭柯不意何時綠，已換新妝褪舊塵。

寄明伶

1991/8/23 服役中

寥落稀星綴晚空，登樓獨步詠涼風，
夜深遙向京華眺，君在紅塵燈火中。

題賀年卡

1993/12/11

故交疏隔觸心驚，舊憶瀾翻總不平，
歲暮抒懷裁寸紙，聊憑淺語寄深情。

桃源別意

桃源國中調職感賦 1996/6/24

武陵漁子偶尋幽，忽入仙源短暫遊，
莫恨紅塵多繫絆，桃花也自逐波流。

附中憶往

1996/9/24

景色依稀似昔前，青春一去十餘年，
曾經熱血翻騰處，往事居然記不全。

春日山中晨起

1998/4/18

春山一脈抹雲煙，日暖風清曉色妍，
緩步微吟芳草徑，笑延蝴蝶入詩篇。

電腦資訊

1998/5

日新科技又高峰，電腦神奇世所宗。
變化聲光殊巧妙，敲彈指令自輕鬆。
何勞紙筆傳魚雁，不費丹青繪淡濃。
斗室坐知天下事，悠遊網路意從容。

楓

1998/8

何須花貌燦西風？霜葉幽姿自不同，
坐愛秋光醇似酒，年年拚卻醉顏紅。

賀榮嘉兄大學畢業

1998/9/28

學路崎嶇斷續連，風霜荏苒十三年，
萬難莫阻鳶飛勢，壯志昂然欲戾天！

飲酒

1998/11/23

快意高粱酒，飄香羊肉爐，
十觴猶未醉，不倩故人扶。

屢承慶輝詞長贈詩才淺未能奉和

1999/1/15

瓊章承賜不勝歡，連夜挑燈仔細看，
妙手拈來皆有韻，錦心吟出豈無端，
羨君詩雅情辭茂，愧我才疏唱和難，
白雪陽春高古調，凡夫束手莫能彈。

詩人杖

1999/3/28

勝日輕扶步，陪登大雅堂，
一筇身正直，九節意悠長，
喜伴精神健，欣沾翰墨香，
漫漫壇坫路，端賴佐安詳。

注：瀛社九十週年社慶聯吟

六輕與雲林

1999/5/12

急欲致繁榮，雲林用六輕，
工商雖奮進，污染亦隨行，
一味瞻前景，無辜誤後生，
規模誠壯舉，得失待權衡。

台灣亂象

1999/7

弊病叢生禍患頻，善良風俗久沈淪，
橫行黑道邪凌正，肆虐金權富劫貧，
玩法貪贓偏得意，循規蹈矩枉傷神，
心靈改革憑空論，撥亂無方惱煞人！

自笑

1999/7/17

小技雕蟲趣自多，附庸風雅妄吟哦，
凡夫不腆才華淺，也學詩人愛詠歌。

台北夜遊

1999/8/12

閒跨輕車夜色中，漫天酒綠與燈紅，
繁華街肆聲光炫，我自悠哉逐晚風。

麥當勞怪象

1999/8/31

一路長龍排隊來，多時佇候店門開，
區區布偶值何價，浪擲光陰誠可哀！

注：適來麥當勞速食店限量發售玩具布偶，蔚為流行風潮，眾人曠日廢時排隊搶購，亦一社會怪象。

震災雜詩　其一

1999/9

無邊浩劫噬生靈，噩訊紛傳誰忍聽，
樂土摧殘成煉獄，哀哀號哭動幽冥。

震災雜詩　其二

1999/9

千里殘亡難保身，萬家血淚劇傷神，
安居樂業偏遭禍，怨向天公罵不仁。

震災雜詩　其十

1999/9

一樣中秋對月光，兩般心態各炎涼，
災區四處仍屍臭，台北時聞烤肉香。

台灣九二一震災

1999/10/4

節近中秋偏遇災，空前浩劫撼全台，
天崩地裂山河碎，屋毀樓傾血肉摧，
一夕風雲驚變色，八方草木共含哀，
夜殘翹首晨光黯，猶怕陰霾久不開。

燈塔

1999/10/19

夜夜耀雄芒，恆年戍海疆，
仰觀星月邈，俯聽浪濤狂，
旅客憑登眺，歸帆賴導航，
巍然一燈塔，傲立在蒼茫。

詠淳起床

2000

嬌容映曙光，紅頰似凝香，
睡覺輕揉眼，歡呼「我起床」。

注：小女詠淳，時年四歲。

蠹蟲

2000/2/27

鑽身故紙中，咀嚼樂無窮，
食古何曾饜？悠然一蠹蟲。

隔牆花

2000/5

森嚴一堵隔分明，小院牆高恨絕情，
寂寞芳華空自賞，春妝濃淡倩誰評。

注：吟唱於歷史博物館詩人節詩詞吟唱大會

白河蓮花節　其二

東畬西畝盡蓮塘，處處幽姿處處香，
幾度流連看不厭，頻收倩影入詩囊。

白河蓮花節 其三

遠近高低深淺紅，繽紛姿態翠塘中，
莫云花貌皆形似，朵朵精神各不同。

次韻寄懷允中學長 二首錄一 2000/12/6

十載睽違念舊遊，南廬夢憶未曾休，
昔年狂客今何在？落拓江湖恐白頭。

和允中學長寄懷詩原韻 二首錄一 2001/3/13

花開花落夢當年，款款幽懷繞枕邊，
也解多情空憾恨，誰教舊憶又纏牽。

春菊 次韻答正發兄，兼呈諸友 2001/8/10

清香縷縷引遐思，蜂蝶紛飛過短籬，
一任小園春意鬧，自描秋色著幽姿。

北門

2001

萬象榮華裡，悠悠古北門，
塵煙老顏色，車馬噪晨昏，
帝澤今安在？天朝久不存，
可憐城闕上，依舊署承恩。

注：刊載於《中央日報》、《乾坤詩刊》、《講義雜誌》

雙溪詩人節

2001/8/20

不須奇貨博虛名，標榜吟魂氣獨清，
草嶺浮雲凝筆力，貂山流水和詩聲，
風光十里欣遊賞，珠玉千篇細品評，
環顧台灣三百邑，雙溪節慶最多情。

大樹吟

2002/7

奇峰立奇樹，蓊蓊蔭廣布，幹似銅柱直，根若磐石固，
昂首招鶴來，參天留雲駐，壯觀聞遐邇，久矣我仰慕，
長欲瞻高標，無人與引路，雄姿方英挺，何辜猝變故，
霹靂裂晴空，萬鈞勃然怒，莫能禦奔雷，摧折在指顧，
信是大材者，偏易受天妒，衰葉與殘枝，紛紛落無數，
九死幸回生，寧非鬼神助，百折志未撓，十年拒頑痼，
我亦隨紅塵，韶華荏苒度，猶自望奇峰，念念朝與暮，
指引憑高人，丰儀終拜晤，軒昂如所聞，摹想果無誤，
英華縱稍減，玉質未曾蠹，矯矯自臨風，仍屹最高處。

楊維仁

《詩人隨筆》

一九六九年出生於宜蘭。自幼喜愛閱讀《三國演義》等古典小說，從中揣摩一些對仗的初步功夫。一九八四年就讀師大附中的時候，閱讀喻守眞先生所編《唐詩三百首詳析》一書自行習作絕句與律詩，初窺近體詩格律的門徑。

一九八六年考上台灣師範大學之後，加入「南廬吟社」繼續古典詩的創作，社裡楊淙銘、張允中兩位學長亦師亦友，對於我學詩過程助益甚多。此一時期研讀張夢機教授《古典詩的形式結構》一書，自認對於古典詩的格律頗有心得。（張教授是我年少時的偶像，想不到十幾年之後居然有幸拜謁，親聆教誨）但是自從一九九二年以後，就很少提筆寫詩了，即便寫了一首詩，也往往找不到兩三個讀者分享，很有一種踽踽獨行的落寞。

幸而一九九五年拜識詩壇前輩張國裕、莫月娥兩位老師，後蒙張國裕先生引薦加入傳統詩學會，偶爾也參與民間詩社擊鉢聯吟活動，因而重返古典詩創作的行列。一九九八年起接觸電腦網路，網路不是我學詩的起始點，卻是我寫詩的重要轉捩點。那時候，網路上很少見到合乎傳統詩詞韻律的作品，但是我卻有幸茫茫網海中認識了Bise（陳耀東兄）、齊研文（陳慶輝兄）、青衫詩客（邱奕南兄）、朽木（王國泰兄）這幾位創作古典詩友。

後來，耀東兄精心架設了【藝文聚賢樓】網站，更開啓了古典詩網站的新時代！一九九九年冬天，我也東施效顰開始創立【古典詩圃】網站，加入了推廣古典詩創作的行列。二〇〇〇年九月到二〇〇二年一月之間，【古典詩圃】和其他六個友站，一起歷經了【詩詞討論發表區】和【古典詩詞網站聯盟】這兩個時期。然後在二〇〇二年的二月，結合了幾位志同道合的詩友，共同創設了【網路古典詩詞雅集】。

習作古典詩一路走來，也幸運獲得幾個獎項，其中意義較重大的先後是：全國大專聯吟七言絕句組的第二名和第一名、教育部文藝創作獎古典詩組佳作、乾坤詩刊「乾坤詩獎」古典詩組第二名、台北市公車暨捷運詩文徵選五言律詩組首獎。自認學詩仍屬初步，不敢以此自炫或自滿，但是這些獎項的確給我很多的鼓勵，對我而言，意義不凡，所以附記在最後。

枕流集

此心澄若水，高枕清流上

碧雲天

【縱情山水卷】

尼加拉瓜瀑布記遊

2001/10/18

洪流由天瀉，極目挂席寬，水面氤氳氣，直上青雲端，
銀鷗波上掠，白浪石間湍，舟行至瀑底，風疾臂生寒，
景物倏茫茫，舉頭皆難張，轟隆聲震耳，侵身惡雨狂，
換息甚覺艱，航程漸轉還，臨岸一回首，橫練碧天間。

注：太白盃佳作獎

秋溪夜釣

2001/11/26

月透松梢煙霧開，沙明溪淺見青苔，
漫吟散髮盤磯上，閒釣一竿秋水來。

登高

2001/4/15

峻嶺挂疏松，登高向九重，
路深風不定，崖峭鳥無蹤，
孤日眸前沒，群霞履底衝，
蒼茫感無盡，浩氣盪層胸。

登高尋隱者不遇

2001

幽人誰見白雲深，今踏青山欲訪尋，
草木森森鬱荒嶺，嵐煙漫漫隱高林，
徑窮猶未聞棋落，興至何妨聽竹吟，
忽覺西邊只餘照，清風元已滌塵心。

注：乾坤詩獎參賽第五名

雨中作

2001/12/15

萬壑空濛帶紫煙，興來擎傘步雲巔，
水晶簾隔孤村靜，翡翠枝橫一瀑懸，
雖愛晴時山豔豔，何如雨裏霧娟娟，
賦詩無酒猶陶醉，閒臥桃溪五柳前。

注：十九屆全國大專聯吟第三名

浮雲遊子意

2001/2/12

他鄉子夜夢難留，興起攜壺秉燭遊，
皎月雲間時隱現，明星溪底正沉浮，
櫻花幾樹馨香漫，玉笛飛聲煙霧收，
清遠餘音迴碧落，心馳天外意悠悠。

眼兒媚 玩水

2000/10/24

銀光流洩照秋暝，氣爽好風輕。
小溪清淺，魚兒游蕩，石淨沙明。
耳邊不絕淙淙唱，一片閃晶瑩。
童心乍起，挽裙戲水，踏月踢星。

朝中措 關山單車遊記

2002/3/8

關山碧野映澄空，鐵馬踏輕鬆。
灑路晴輝翠影，遠山疊疊重重。
悠翔白鷺，閑流綠水，春色融融。
恣意沿途輕唱，和風千里相從。

【閒情逸夢卷】

曉夢

2002/7/15

不知醒或夢，展袖御風輕，
飄也遊冥去，悠然逐鶴行，
雲中身忽墜，枕上鳥初鳴，
萬物終無跡，起看朝日晴。

也是桃源

2000/10/25

蒼翠起嵐煙，彤暉落靜淵，
琴閒松樹下，壺倒草叢邊，
林鳥枝頭噪，山翁石上眠，
桃溪何處是，隱隱響流泉。

生查子 閒情

2002/5/15

枕石曲肱眠，坐看雲來去，
飲水笑鬚長，不記今何許，
若遇此山樵，莫問文章句，
終日聽禽鳴，恐已忘人語。

漁歌子 秋光

2001/10/2

蒲綠魚肥下白鷗，蘆花深處一輕舟。
漁唱遠、棹聲柔，碧天澄水共悠悠。

題寒樵圖

2001/11/27

千山覆雪絕塵埃，日冷孤松煙靄徊，
樵叟束荊溪底涉，風霜貫看意悠哉。

盪鞦韆

2001/4/13

晴陽和煦灑鞦千，閒伴春光盪柳前，
輕袖迎風如蝶舞，忽遙忽近碧雲天。

散步

2001/5/31

野陌落彤暉，清風漾翠微，
徐行何所適，意共暮雲歸。

騎單車

2001/2/12

心似白雲輕，意隨風向行，
路窮林盡處，煙落彩霞明。

【疊韻唱和卷】

即興

2000/11/24

初日融融映面酡，興來徐步踱春坡，
蒼田萬頃人煙少，野陌千行鳥語多，
榮辱虛名皆轉眼，山川美景怎蹉跎，
清風送爽撩衣袖，悠見浮雲任放歌。

即興 漁夫

2000/11/27

紅日西沉潮面酡，清風斷續送漁歌，
竹竿閒擱得魚少，木棹輕划翻浪多，
塵裏江湖隨落拓，舟中歲月任蹉跎，
穹天悄轉樞星斗，四顧蒼茫我獨哦。

市隱 次韻竹山賴詞長

2002/4/25

商山何路去？不必問樵人，
屋陋猶高枕，心清自出塵，
車喧街愈靜，市隱性還眞，
拾級登高廈，凌虛忘此身。

贈竹山賴詞長 疊前韻

2002/4/26

縹渺松嵐處，栽花有達人，
持雲悅蒼嶺，聆澗忘紅塵，
萬物知空幻，無心見本眞，
二胡揚午後，暖日照輕身。

假日趕作業有感 三疊前韻 2002/5/2

何日能歸去？山林作野人，
挪雲喚青鳥，乘羽別紅塵，
萬事眠爲要，千觴酒最眞，
待將凡務了，輕棹寄閒身。

志隱 四疊前韻 2002/5/3

問余何所意，睡醉作閒人，
掬澗當清酒，折松爲拂塵，
無才無掛慮，越老越天眞，
漫臥東窗底，風來葉滿身。

迎友 五疊前韻

2002/5/6

今宵何快意，寒舍聚幽人，
剪韭忙迎客，傳杯樂洗塵，
休言事頻擾，同醉意方眞，
一笑紅塵事，須臾夢裏身。

補記：和詩大概佔了我的作品總數的一半，其實日常生活中也許並未有那麼多的感動，但由欣賞他人的作品中，很容易找到屬於自己的感動，還有很多以應答的方式以詩交誼，非常有趣，即興這一詩題，我還記得是陳慶輝詞長寫的原作，可惜現在都找不到了，只記得那時盛況空前，和詩詩人有一二十人，詩作三四十首，那時我初學，只貢獻了這二首，我自己很喜歡。而市隱這一組詩是所有的和詩中，我自己最喜歡的，也是我的疊韻詩中疊最多的一組。

【沉澱心情卷】

旅

2001/10/15

幾縷村煙飄遠陲，火車徐進野風吹，
一輪秋日彤霞染，萬頃稻田金浪推，
無跡韶光難返顧，多愁世路每相隨，
旅程終了歸何處？蝶夢醒時竟是誰？

望春

2002/1/6

簷前幾滴雨聲寒，黯霧層層鎖疊巒，
漫展詩文臂猶冷，空懷愁緒意難寬，
滿階葉落無人掃，一院風催幾樹殘，
只待鶯啼揭春曉，杜鵑未綻莫憑欄。

夢蠶

2001/12/18

秋風蕭索暮雲茫，蜷縮冰軀覆落桑，
曾歷蛻皮辛可忍，孰知化羽志難償，
苦尋無處棲輕繭，空吐千絲積薄霜，
不若莊生迷夢斷，覺來搔首更思量。

注：太白盃佳作獎

【詞卷】

西江月　偶懷　2002/7/16

池畔毿毿楊柳，愁牽縷縷輕風。
嬋娟天上正玲瓏，千里誰能與共？
永夜憑窗獨坐，細思悲喜離逢。
桃花謝盡小園空，幾載紅塵一夢。

攤破浣溪紗　板橋林家花園遊思　2001/8/6

昔日雕欄韻事遐，匆匆幾代逐繁華。
林苑空留人獨悵，數聲鴉。
水榭檐前雙燕子，低飛穿柳向誰家？
一朵紅薔殘照裏，影長斜。

朝中措 山居

2001/5/3

柴扉柳蔭幾聲鴉，薄暮落煙霞。
滿聽清風流澗，閒吟空翠山花。

身居人境，意凌雲外，夢騁無涯。
何必桃源尋覓，心安是處爲家。

梧桐影

2001/5/25

浪拍岩，雲遮月，心事如潮去復回，
風中望斷千重雪。

調笑令 風鈴 2000/10/24

鈴醉，鈴醉，悠盪清音擾睡。
搖來幾點飛星，霜風萬里夜清。
清夜，清夜，窗外窺人皓月。

清平樂 呢喃（憶童年老歌） 2000/10/4

垂條老樹，長蔭微涼暮。
五六孩童嬉戲處，迴盪笑聲稚語。
兒時景象如前，難尋昔日歡顏。
誰聽心中幽嘆，幾聲乳燕呢喃。

補記：國小三年級時，家中買了第一台錄放音機，父親興高采烈地帶我們到夜市去買了黃鶯鶯的這卷過期錄音帶一呢喃。隨著光陰的流逝，這首歌的施律總在午夜夢回時，低緩的迴盪著心底，年紀愈大，感觸愈深……

碧雲天

《詩人隨筆》

本名王凌蓮，南投人。對我來說，生命中的點點滴滴皆可譜成觸動人心的瑤章，眞實的生活裏，時有輕鬆愉悅，時有悲憤感慨，時而陶醉於好友相聚的歡樂，時而沉澱於孤獨的眞，愛恬適的家庭生活，也懷詩人特具的出世夢想，縱情於山水時，觸動的是人與大自然俱來的最原始的「初心」。這些都是眞實的生命，採擷這些心情，轉換成文字，運用古典詩詞特有的聲律藝術表現技巧，將我的感動，昇華成我的詩詞，集結成這一此心澄若水，高枕清流上之「枕流集」。

若沒有網路，大概在我過去二年和未來的世界中也就沒有詩詞了，一九九九年十一月初，日子無趣，有天同學建議我可以上網去奇摩的聊天室和別人聊天，於是就隨便用「碧雲天」這個看起來天氣很好的名字，進入了奇摩，那日，隨便進了一聊天室，忽然，視窗中跳出一堆詩，我以爲是背詩比賽，那知那是他們自己寫的，哇~~天啊~~，原來「古詩」還活在世界上，而且還活躍在「網路」上，眞是太奇妙了。也就這麼莫名地落入了詩的網路世界。

在奇摩過了一段非常愉快的玩詩生活，不過眞正學格律卻是在半年多之後，二〇〇一七月一日經網友介紹去藝文聚賢樓網站貼了一首「鷹」，被指正格律不符，才開始透過聚賢樓的資料及網上詩友正式學詩。二年來，在最先進的網路世界與全球的詩友學習並唱和著古典詩。

其實，詩只學了一點皮毛，但卻拾回了自己塵封已久的靈心，重拾書本，才是難能可貴的財富，另外，更重要的是認識了這一群志同道合的朋友，學詩路上不寂寞。

望月吟微

何如一樹天然色，便是粗枝也有情

望月

【五絕與七絕卷】

題掛山雨霽

1998/初夏

雨霽東山草色滋，靈雲繞翠浴新儀，
三行鷺鳥遷天急，一樹紅花覆地悲。

補記：這是第一次寫對仗。

伐梅栽柳

2001/04/27

昔日循香疏影搖，今朝但見白棉招，
伐梅寧爲栽青柳，緣此尋常枝葉嬌。

古厝 題嘉義大林鄉間無主老屋 1999/5/30

幽園蛛網結，壞壁佈苔蒼，
小徑無人掃，牛車顧晚涼。

補記：這是我最滿意的作品之一。台灣的鄉村，年輕人都外移到都市了，老屋、牛車只能相看無語兩欷嘘。

西湖感懷 1998/8/4

春泥蘸雨履痕深，燕語聲聲繞柳林，
獨望平湖鐘報晚，天涯作客繫鄉心。

瓶花

2002/07/28

帶笑臨風香馥郁，含羞沐雨態娉婷，
憐花總恨春難駐，一片幽情共玉瓶。

擬作 自君之出矣

2001/04/21

自君之出矣，楊柳謝東風，
思君如落葉，葉葉繫情衷。

林和靖

1998/6/15

鶴子逍遙唳日聞，梅妻玉送馥芳殷，
輕名淡利神仙客，得攬孤山一片雲。

屈原魂

2001/06/10

世道何蕪穢，生民競利多，
滔滔屈子怨，千古撼江河。

青絲

1999/5

一別歷三冬，將心盟古柏，
何時共枕前，對看青絲白。

金鈴

2001/03/16

阿誰無事繫金鈴，引得愁腸日夜聽，。
還道輕風猶解恨，朝來絮絮晚伶仃。

補記：有人說這一首詩看來很矛盾。
其實，我本身就是一個矛盾。

返校思往

2001/01/29

十載幽遊地，於今變化多，
感時牽舊憶，歲月任蹉跎。

春風化雨 喜見恩師榮列杏壇芬芳錄

2000/12/22

當年帳下沐春風，闊別常思化雨功，
喜見師門桃李茂，芬芳錄上享名隆。

春恨

2001/03/26

一夜連綿雨，敲窗恨不休，
春心何此苦，最是景難留。

浮雲

1999/9/5

颯颯金風起，秋郊夕色垂，
浮雲縈舊憶，處處引相思。

粗枝

2001/03/13

不耐胭脂粧俗粉，花叢懶顧眾芳輕，
何如一樹天然色，便是粗枝也有情。

單車遊春

2001/01/29

連綿雨霽放新晴，閒踏單車任意行，
夾道紅花報春色，隨風暢快一身輕。

單車遊春其二 兼答德儒詞長《冷雨》詩

2001/02/17

浮雲盡散景如融，但去閒觀落日紅。
不必春光來入夢，輕車一乘任西東。

詠菊

2001/09/22

無邊草木盡枯黃，我對西風亦斷腸。
三徑幾枝花不落，笑迎籬外任清狂。

傷春

1999/5/03

盛事早成灰，送春春復來。
年年傷逝水，籬外又花開。

憶兒時

2000/3/14

獨撐花傘雨如絲，輕踏芳泥過北歧。
我愛煙濃春日暮，田間小路憶兒時。

孿生女（謎題詩）

2001/02/04

誰家弄瓦聲嬌囀，料是雙姝并蒂姿，
照鏡何由分姊妹，相看撲朔又迷離。

望月偶感

2002/11/20

我思千里月，月但笑人痴，
痴者思何滯，天心不可欺。

【五律與七律卷】

大鵬

1999/6/26

人生天地闊，展翅莫停留，
當覺塵寰侷，何如宇宙悠，
扶搖衝萬里，傲嘯震千疇
應學鯤鵬志，蒼穹任我遊。

注：初學第一首五律

鹿溪訪友

2001/04/10

獨迓春光小鎮行，趨車訪友順風輕，
相看切切同窗誼，不盡悠悠鹿水情，
攜手歡談今日事，烹牛笑憶舊時羹，
從來偏易容顏老，太息匆匆歲月更。

飲酒詩

2002/08/09

獨坐對銀觥，中天正月明，
秋來風有信，露結草無情，
長嘆江山闊，猶將壯志擎，
紅顏留不住，仰首一杯輕。

雅集雜詠

2002/09/21

地闊更天寬，迢迢此路難，
行來唯寂寞，望極盡波瀾，
薄霧秋山繞，長河夕照漫，
多情誰似我，不畏一江寒。

【詞卷】

摸魚兒 春情

2001/03/10

曉山青，一彎春水，萋萋芳草如洗。
韶華輕縱誰留意，又見鷺鷥歸徙。
今次第，嘆躑躅、遍沾紅雪晨光底。思愁有幾。
對無語蒼穹，憑欄回顧，浮掠舊時事。

伶仃路，縱得良騮萬里，蓬山難會佳麗。
愁腸但借刀鋒斷，盡去半生牽累。
春色瀰，今日看、櫻紅柳綠風光裡。一池翠綺。
且漫舞輕歌，削笻作劍，不枉好春至。

憶王孫 春景

2001/04/11

平林一派著輕紗，燕子鶯兒聲幾些，誰對青山傷歲華？
雨絲斜，微冷庭前新綴花。

擣鍊子　相思

2000/07/10

風不定、念悠悠，惹得青絲化白頭，
嗟歎人間多愛恨，擬奔山寺覓清幽！

長相思　夜風涼

2000/07/17

夜風涼、雨絲涼，
小苑蕭條落葉黃，催人欲斷腸。
字行行、淚行行，
燭燼更深情也傷，爲誰思憶長。

摸魚兒 春曉

2001/02/12

迓晨光、遠山飄渺，平林鶯燕聲繞。
露台風緊猶蕭瑟，唯見樹杪苞小。
庭階掃，冬去也、愁看院落侵春曉，蓮池料峭。
卻信步群芳，回眸凝望，多少舊時惱。

對明鏡、尋得數根髮皓，無如年少時好。
錦書雲外憑誰寄？休託付于青鳥！
春一覺，莊子夢、迷途蝴蝶知多少？紛紛擾擾。
望歲月如梭，流光若水，且忘髮華早。

《詩人隨筆》

望月

本名陳耀東，祖籍廣東省東莞縣，一九七○年生於台灣彰化縣花壇鄉，自幼失聰。經歷花匠、事務機器技術員、工廠苦力、齒模學徒、齒模師傅、電腦作家、網路購物站長，現服務於國內某光學眼鏡設計部門與藝文聚賢樓古典詩詞網站站長。

這些，是初學至今不成熟的作品。古典詩詞是我最喜愛的文學項目和一個夢想，可是以往受限於古典詩詞方面資料的不足，雖然在許多書上獲知詩詞有平仄格律，但不知平仄是什麼、格律又是怎麼回事。後來因爲一個小插曲，我終於踏入古典詩詞的領域。

一九九八年春（農曆正月），爲了度過失業寫電腦雜誌的我，日子過得眞是百無聊賴。直到有一天我叔叔　王鋼鋒先生拿了《詩學含英》、《字義、性分類與成詞聯串分析》給我看。過了個禮拜，我寫出第一首七絕。

而後，在網路電子佈告欄認識了許多網友，最早是香港陳慶輝兄，然後又結識了楊維仁兄。過了幾個月，在眾人協助下創建【藝文聚賢樓】古典詩詞網站。

只是感於現代人要瞭解古典詩詞的知識不容易，所以把自己那些對學習古典詩詞有幫助的資料都放到網路，也許是因爲許許多多的巧合創造了【藝文聚賢樓】的名氣，前來學詩的人、參與討論的人以及願意一起推廣古典詩的人，都在這個小小簡陋的古典詩詞網站默默進行著劃時代之創舉。經歷了【古典詩詞共用發表討論區】之分裂，到現在成長茁壯中的【網路古典詩詞雅集】，風風雨雨堪與誰說？

對我而言，古典詩詞不只是文化，她還是文學、藝術、情感和許許多多無以名狀的能量與經歷所融合創造之生命體。雖是古典，可並不陳腐；說是嚴謹，但並不僵化，因此在現代的思潮之下，依然有無數喜愛古典詩詞的人們，衣帶漸寬終不悔，爲伊消得人憔悴。

在我年少輕狂的生命裡，我終於可以說不虛此生。願以此與各位共同努力，爲古典詩詞的未來開創新機。

蕪晴隨筆

宵然意欲歇，一笑付明月

小發

【記遊卷】

紅毛城

1997/3

隈山傍海連天碧，一道長虹兩岸通，
淡水河邊新月淡，紅毛城上夕陽紅。

重遊淡水有感

1998/5

長堤佇立暗傷神，碧遠天高小渡輪，
潮水江風皆舊識，當年落日照何人。

春日遊淡水感賦 2000/3

淡江遠眺霧微濛，濁浪滔滔接碧空，
日月沉浮天地外，春秋來往雨風中，
電車滿載聽潮客，老巷駢行曳杖翁，
誰見當年帆影亂，徒言夕照古今同。

遊奮起湖之達娜伊谷 1998/4

幽谷難分曉，煙濃夜自沉，
微風疏影動，細雨落花深，
短瀑長流水，高山矮茂林，
無言行復坐，寫景寄知音。

遊奮起湖

1998/4

罷行尋坐更閒吟，誰管曉天晴復陰，
風動桐花飄玉屑，雨穿方竹響清音，
山鄉野店迎嘉客，雲谷流泉洗市心，
卻笑金陵常有夢，結廬松下傍溪潯。

注：金陵乃余摯友之名。

【感春卷】

春日書懷

1999/2

捲簾聞早春，碧水本爲鄰，
雨潤園中草，風驚陌上塵，
天涯飄泊客，池畔望歸人，
此日尋幽境，自知徒費神。

望春

2001/12

底事破重衣，冰心誰可知，
性寒香自淡，骨傲雪難欺，
獨佇原無恨，長望豈不疑，
東君如有信，何故日猶遲。

望春

2002/1

臘月無風水自寒，登樓寄興望重巒，
莫歎葉落容顏改，靜看雲浮天地寬，
一季嚴霜猶未盡，滿園高樹已多殘，
何時重見雙飛燕，剪破春光繞舊欄。

別春

2002/2

三陽入芳苑，風暖蝶先臨，
葉綠增花豔，草長隨露沉，
頻驚春易色，莫笑客多心，
緣此先辭別，繁華何必尋。

暮春感懷

2002/5

欲留還別坐長宵，攬卷何能破寂寥，
簾動始知風細細，花開半落雨瀟瀟，
常望此恨隨春去，不必多情藉酒澆，
收拾行囊莫回首，有緣相聚在他朝。

【菊卷】

詠春菊

2000/3

暗紫冶黃何足云，凌霜豈似室蘭熏，
葉殘更見崚嶒骨，不爲東君綠一分。

問菊

2001/8

炎暑焚心頻阻思，漫詢秋訊扣東籬，
滿園閒草多繁茂，何日看君展傲姿。

詠菊

2001/9

獨迓西風獨傲霜，擇秋榮曜費思量，
始知香淡緣何故，不惹群蜂日日忙。

【有懷與唱酬卷】

有懷

2001/12

數日嚴寒霜滿階，冬陽乍現掃陰霾，
遺愁已愧嗤悲客，抱憾無由書有懷，
歲月如駒原易逝，人生築夢本多乖，
知心何必癡言語，此夕邀杯共海涯。

有懷

2002/5

本將前事逐，舊夢又逡巡，
自詡多情客，終成薄倖人，
寸心應有恨，高閣豈無塵？
不必尋芳跡，春來草自茵。

有懷

2002/5

遣愁自賦斷腸詩，往事逐塵難再期，
悲到極時還有淚？恨消無計只餘癡，
半簾幽夢驚花語，一片清輝映柳池，
蘭麝成灰懶添注，情隨香冷莫相思。

敬和子惟兄《碧潭品茗》

亭中品茗暮輕羅，橋上華燈映綠波，
料是閒人無去處，碧潭春景任婆娑。

奉和《過維仁家夜飲偶得》

時聞君好客，此夕更相親，
本是屏前友，今成座上賓，
喜同言一席，勝飲酒千巡，
量淺辭杯滿，盛情能醉人。

【詞卷】

踏莎行

愁似垂絲，心如飄絮，從來易別難相聚，空留恨事費思量，
花飛葉落窗前雨。

小院香漫，遠山煙郁，天涯無計尋芳處，閒雲寄語恐爲難，
但隨春水東流去。

踏莎行

山色青垂，水波晶絢，薰風麗日雙飛燕，田園景緻畫如詩，
偶逢驟雨長虹現。

世事無常，韶光有限，誰能四海皆遊遍，但尋桃谷寄輕身，
悠然自得平生願。

入塞

惜芳樽，夏風吹、正別春。望浮雲片片，濁世度晨昏。
名是塵，利是塵。

寸心常閒有幾人，在夢中、眞假怎分。
花開花謝了無痕，眞不存，假不存。

【古體卷】

觀潮

石上觀海潮，風高浪自高，
萬物秉其性，外力難動搖，
人生爭何事，三士死二桃，
咸悟無常理，禍福亦可拋，
時懷三徑願，採菊效阮陶。

雜詩

塵心不絕世，徒羨浮雲飛，雲飛無盡處，輕身何所歸，
海畔觀潮汐，暮下送餘暉，風涼花影動，簷長月色垂，
當此邀友伴，共酌三兩杯，且抒甘苦事，不談是與非，
或向山中去，結廬傍溪潯，松風助詩興，竹雨響清音，
幽谷雲翳翳，緲緲迷遠岑，晴夜望星斗，燃香坐花陰，
品茗搖羽扇，鬥棋復閒吟，人生得此境，陶然豁胸襟。

辛巳歲末抒懷

2001/12/15

日暮下高樓，煢煢轉多愁，朔風逐落葉，浮雲任飄流，
曾懷凌雲志，來從北地遊，此夕望星月，星月正悠悠，
生死安可知，榮華空自期，汲營非所願，豈歎不逢時，
逆旅多歧路，得失何太奇，書中有天地，釋然息長思。

溪石

2001/12/15

朝過溪畔春花開，春水流翠波洑洄，凝眸久立若有思，忽聞幽咽聲甚哀，
循聲惟見一溪石，半陷泥沼身滿苔，趨身向前復相問，溪石溪石何處來？
未曾言語先長歎，原居絕頂松前偎，同承雨露數百歲，春賞桃李冬賞梅，
素心豈爲補天缺，願效荊玉爲石魁，焉知世事不可料，蒼天未憐猶降災，
乾坤遽搖暴雨急，狂洪怒瀉如奔雷，崩山捲石拔巨木，潰堤斷路萬物摧，
逐流輾轉落凡俗，稜鋒銷盡難復回，回望群山仍鬱鬱，獨恨不穀沾塵埃，
溪石語罷仍掩泣，吾感奇謬亦唧唧，崎嶇世路本無常，何須念念論得失，
釋懷始見天地寬，寄身宇宙似一麥，繁華平淡難久長，誰能勝汝萬古立？
冷眼入世修靈心，春秋往來日復日，拙言何能慰不平，聊記此事爲君筆，
三生傳說若無虛，隔世重逢定相悉。

生日書懷兼呈雅集諸友

此夕悵無酒，憑窗望星斗，縱然將酒備，誰來共一醉，
煢煢憶前塵，倏忽卅一春，適立無所立，茫然度晨昏，
習詩六年整，猶未得要領，閒從網路遊，百家各馳騁，
偶從二三子，相交結知己，詩心無高低，評論各臧否，
此趣樂如何？興至復吟哦，頻頻嗤酒客，戲作止酒歌，
我本遠游客，如塵逐阡陌，凌雲既無心，何須振六翮，
抱憾書有懷，尋愁嘆多乖，寄興將春望，獨上蕪晴齋，
隱身墮落居，冷眼觀毀譽，窅然意欲歇，一笑付明月。

《詩人隨筆》

小發

又名蕪晴，本名李正發。

一九七一年出生於雲林縣口湖鄉，現經營早餐店。

從小雖喜愛古典文學，亦止於背誦詩詞而已，

直至專科受導師影響對古典詩詞有更深的體會，退伍之後於待職之閒，

購書自研詩詞格律，但總是一知半解，其間雖請教前輩，仍不得其門而入。

網路的奇緣巧遇才正式敲開學習之路，

由於是在公司的職員電腦訓練課程中學習上網，

因而接觸了聚賢樓與古典詩圃，所以自覺是奇緣巧遇。

在這兩個地方除了得到更多的知識與技巧，

更與幾位志同道合的詞長結爲好友，這實在是始料未及的事。

網路的無遠弗屆讓學習與討論縮短距離，

同時也因爲網路的虛擬與未知產生許多問題，

不過這些問題對於眞正喜愛古典詩詞的人來說，是不構成阻礙的。

一日寫詩，終生寫詩，這就是我現在的想法。

寒煙藏筆

來自虛無，終歸縹緲

寒煙翠

【五言卷】

閒情

2001

破曉星河落，詩成筆墨酣，
涼風當有信，靜看海天藍。

春閨

2001

春風陌上吹，飛絮入窗帷，
好夢由來短，睡醒慵畫眉。

雅集雜詠 2002

前賢雖寂寂，新秀尚紛紛，
酬唱三春句，欣看萬里雲，
海天無盡處，鷗鷺自成群，
負手行吟去，陶然意已醺。

得友人贈親手調製咖啡凍有感而作 2001

幸有嬌可人，慧巧誇嫻淑，
纖手調瓊湯，氤氳現晶淥，
香傳異國夢，墨凝璧脂玉，
微苦甘愈醇，殷勤情更篤，
流泉下飛崖，清風來幽谷，
一啜凍咖啡，飄然忘塵俗。

【七言卷】

無眠 2001

是誰風露未能眠，夜夜寒山盼月圓？
梧桐一葉翩然落，漫傳愁緒到秋天。

詠蓮 2001

翠葉婆娑出水中，波光深淺映嫣紅，
幽懷只許幽人識，一陣清香一陣風。

詠菊

2001

獨佔東籬一季香，潯陽千古有詞章，
素心不問塵間事，遙對南山秋意長。

端陽情思

2001

幾卷楚辭傳至今，孤懷誰似屈平深？
美人香草都零落，萬古淒涼臣子心。

月夜二首 其一 2001

曉月春湖水映天，高歌醉酒和衣眠，
誰知夢裡乾坤闊，銀漢飛星落枕邊。

月夜二首 其二 2001

萬籟清幽明月天，不知何處暗調絃，
隨風吹上廣寒殿，今夜姮娥應未眠。

感興

2001

海天落日入空濛，萬緒紛紛任晚風，
詩酒功名誰念我？高歌一曲夕陽紅。

春遊

2001

快意吟鞭策馬行，閒愁抖落一身輕，
嵐光山色依芳草，看盡春風十里晴。

春日漫遊

2001

小雨初晴春日閒，騎驢漫步野橋邊，
行歌載酒吟詩賦，醉臥東風花下眠。

新春有感

2001

風暖天藍江水清，春光何處不鮮明，
三千世界閒中看，葉落花開自有情。

感懷 2001

前塵回首總如迷，身似蜉蝣何處棲？
蝴蝶倘來尋舊夢，茫茫歧路忘東西。

和卞思姊姊病中作 2001

月透寒窗枝影橫，詩魔偏向病中萌，
秋風吹散浮生夢，枕上時聞墜露聲。

隱居

2000

空谷層雲掩竹扉，朝迎紅日晚辭暉，
任他塵世繁華去，依舊寒山自採薇。

夏日

2000

初夏山空新雨後，清陰盡洗翠妍姿，
薰風吹過疏籬舍，好放青梅綻嫩枝。

憶西施

2000

雲開四野草淒清，無限江山疊畫屏，
不見屧廊紅袖舞，飛花依舊過江亭。

詩興

2000

春寒細雨伴人回，醉步高歌詩興來，
吟破綠芽新得句，任提彩筆鳳凰台。

李白

2000

奇才偏下九重天，快意人間作酒仙，
湖海生平都汗漫，長留豪氣蕩詩篇。

偶興

2000

隨吟戲筆笑輕狂，滿紙龍蛇興未央，
更向花間尋逸句，再添青簡墨痕香。

漁子

2000

輕拾綸絲攬敝裘，揚帆載酒泛扁舟，
清江瀲灩凡塵遠，直向天河釣月鉤。

閨怨

2000

黃昏鼓角映邊州，古漠飛沙稗草秋，
鴻雁難傳千里信，深閨有夢淚盈眸。

歸途

2000

立馬狂歌踏雪沙，一身書劍向天涯，
回頭笑看紅塵路，萬樹千山盡彩霞。

古意

2001

野岸潮生柳絮飄，漁舟隱隱夜空遙，
依然古寺煙籠月，何處林邊吹玉簫？

閨怨

2000

寒夜孤燈寂寞長，三更夢醒錦衾涼，
不堪舊事情難再，曉霧漣成淚兩行。

山行

2002

遠近峰巒深淺青，浮雲千載蘊空靈，
勸君莫作人間語，風竹清音仔細聽。

古錢

紋理模糊鐵半銷，鏗鏘不辨是何朝，
可憐千古熒燈下，多少英雄爲折腰。

2002

游魚

蓬萊有路未曾經，枉自風流逐水萍，
看盡東渠又西浦，浮雲縹緲遠山青。

2002

月夜羈懷

2001

東風暗把物華遷，紛擾人間又一年，
萬里功名化塵土，故園心事寄嬋娟，
蒼茫江海誰聽浪？寂寞山林自飲泉，
歸鳥寒蛩都靜默，長空明月伴無眠。

勉友人

2001

誰道尋春日已遲？蟬吟幽樹滌塵思，
蓮翻翠葉當描畫，雲曳清風好入詩，
長嘆浮生如一夢，那堪孤枕近寅時，
狂歌醉舞君休笑，冷暖人間心自知。

寒煙翠

《詩人隨筆》

本名陳佳淩，自小對詩詞頗有興趣，因數學奇差之故，躲進中文領域偷安，就這樣混到畢業。

及至步入職場後，覺得下班後很無聊，加上網路風氣盛行，因而上網打發時間。當時奇摩聊天室詩風盛行，一時興起，也跟著塗鴉幾句；初不識格律，受到閒雲師父和碧雲天的耐心指導與鼓勵，開始嘗試寫詩；之後又因緣際會進入藝文聚賢樓，頓感眼界大開；從奇摩詩房、藝文聚賢樓、古典詩圃……一路走來，收穫不少，也交了多好朋友。

但可惜本人生性疏懶，不求上進，故作品不多，進步的空間也少，雖忝爲新秀版副版主，但作品水準一直都在初學者階段，深感慚愧。希望對詩詞寫作有興趣者，能避免重蹈本人此錯誤示範的懶散行爲，好好努力，承先啓後，爲現代詩詞注入新生命。

子衡詩稿

杯中浮寸月，句裡散千愁

子衡

【七律卷】

塵思 2001/5/14

曉鍾鳴過覓春遲，滿院桃花早落知，
半只杯中流歲月，三分醉底作情詩，
眾嘲癡夢無前景，我道悲歡有幾時？
且縱狂心歌一曲，紅塵路上記相思。

維仁小發風雲寒舍飲酒 2002/10/6

寂寞秋宵候客殷。高賢一聚共談文，
殘看舍下原多愧，除主席間皆不群，
舊句俗詩休笑我，溢觴濁酒再酬君，
喜看人醉酣歌去，嘯傲滄洲萬里雲。

無題

2002/10/24

憑風落葉感秋時，冷雨敲窗竟夜癡，
滿腹閒愁難獨寐，一杯濁酒替相思，
塵心脈脈隨流水，舊夢縈縈總入詩，
忍與瀟湘別離後，再吟衷曲問誰知？

馬祖夜懷

2001/秋

滿島笙歌夜始寧，醺來對海浪猶聽，
一輪明月懸天冷，四處亂風吹面腥，
遠別因誰懷淡泊？輕愁只我嘆零丁，
衷腸最苦難傾訴，暫借酣時語不停。

秋釣

2001/秋

波搖碧水漲秋灣，斜陽滿照不思還，
獨釣游鱸登峻島，勝沽虛譽入塵寰，
長竿短指雲飄處，緊線輕懸浪湧間，
細雨如絲風帶去，縱無蓑笠也安閒。

無題

2002/5/17

春花早謝剩殘枝，帶淚誰憐雨後姿，
嗜睡海棠愁不睡，縛絲蝶蛹恨無絲，
千篇醉語言難盡，一片癡心悔已遲，
悵飲寒杯浸寒月，人生最苦是情詩。

遠別

2001/秋

看妻無奈理行囊，十日悠閒醉酒鄉，
跨海中宵家漸遠，臨風小島夢仍長，
詩書只愧疏精讀，體重何堪仔細量，
莫道陲邊安逸處，可憐華髮愈沾霜。

子夜入山

2002/10/2

城郊曲徑滿清煙，把酒相思堪捨眠，
點路銀燈濛霧影，擾山蛩語亂詩篇，
身雖白首偕鸞世，夢是紅樓離恨天，
獨佇溟溟悲寂寞，還須一醉了塵緣。

夜發基隆港

2001/夏

笛聲嗚處起船煙，夜發基隆向遠天，
萬點星懸弦月下，孤行艪破浪花前，
猶思舊夢邀卿語，但恐離情惹淚漣，
遙對女牛添一盞，中宵醉始臥波眠。

【絕句卷】

秋山訪友 次韻卞思詞長 2002/10/27

天外殘雲醉晚霞，風吹落葉舞飛花，
林間一盞寒燈起，指點秋山處士家。

秋荷二首 其一 2001/秋

一季炎炎苦展姿，芳華總對日中時，
向菊商來霜傲骨，秋江濯水忘凋期。

秋荷二首 其二 2001/秋

月照紅衣含白露，波搖翠蓋立青池，
暗香經水添顏色，不讓黃花獨展姿。

夜醒

2001/春

徘徊夢裡已多時，遂起燈前把酒巵，
莫歎夜闌孤獨處，還斟風月自吟詩。

詠菊

2001/秋

不與群花競俗妝，嶙峋瘦骨傲清霜，
金風懶去鳴蕭瑟，獨送東籬晚節香。

釣魚

2001/秋

垂綸自在釣深灣，小島殘秋且覓閒，
不定海風吹袖滿，夕陽初覺已斜山。

雨夜

2001/春

雨夜花無奈，中宵酒不勝，
窗風仍故故，共我對殘燈。

無題

2002/5/17

細數青絲半已灰，中宵不寐獨低徊，
無端舊事還侵夢，再進悽涼酒一杯。

無題

2002/8/10

恨至終時斷恨心，始知癡夢莫追尋，
夢中多少紅塵淚，皆付中宵一醉吟。

瓶花二首　其一

2002/夏

春園偶折三分色，雅室初添一段香，
莫道深閨多寂寞，花搖燭影伴紅妝。

瓶花二首　其二

2002/夏

豔極離根摒蝶蜂，依瓶寂寞展嬌容，
悶無明月移花影，自吐幽香對燭慵。

重陽憶故人二首 其一 2001/秋

經霜菊酒與誰斟，浪鼓秋濤獨對吟，
有限杯中無限事，異鄉重九倍傷心。

重陽憶故人二首 其二 2001/秋

卅載風霜忍碎琴，天涯不復見知音，
殘秋已是多情節，詎設重陽爲苦吟。

【五律卷】

馬祖思懷 2001/秋

生來不計名，歸隱遠城京，
島小原無事，愁多爲有情，
入眸空一海，忍涙醉三更，
莫問家鄉月，此夕照誰明。

敬和小發詞長《過子衡家夜飲》 2002/4/22

把酒聽長歌，悲歡復幾何？
春深欹夢遠，夜靜訴愁多，
醉我杯堪進，憐君涙竟沱，
天涯腸斷客，此夕共吟哦。

小白花

嬌承三滴露，弱襲一身煙。
蛺蝶輕憐採，蜻蜓怯捨眠。
香飛盈秀谷，瓣落葬流泉。
不愧冰清骨，芳魂帶潔旋。

2001/春

無題

醉吟梁祝曲，看盡浪沉浮，
水面三分月，眉間一寸愁，
挑燈風亂影，憶舊淚盈甌，
莫記前秋事，更殘夢已休。

2001/秋

飲酒

2002/夏

若君眞解飲，醉底復何如？
濁酒邀明月，孤燈佐漢書，
悲來歌子夜，感至夢華胥，
且縱狂杯滿，吟醺以誌余。

寄遠　敬和李凡詞長

2002/12/13

獨飲不成歡，燈殘對酒殘。
隔窗冬月遠，子夜小樓寒。
客夢曾悲賦，前塵詎忍看？
愁風吹未止，無語醉更闌。

【排律與詞卷】

驟聞摯友車禍往生 2002/12/13

春城冷夜雨飛寒，厄訊淒然引鼻酸，
慟訴應緣仙召喚，悲求盼是夢欺謾，
丹心碎裂魂將死，醉眼迷濛淚怎乾？
仗義公堂同聚首，憑觴喜宴結金蘭，
雖無黃紙燒盟約，但有眞心共苦歡，
忍捨紅塵君影逝，何留亂世我形單？
樽前盡日孤添盞，月下從今自倚欄，
寫罷情仇還哽咽，清弦此後對誰彈？

注：二〇〇一年春，在我完成終身大事，度完蜜月回國當天，我的同事兼好友張昭仁，竟於當日車禍往生，婚禮一別竟成永訣，不勝唏噓賦詩以弔。

臨江仙 坪林山居

2001/春

翡翠源頭溪澈，山灣水洩泉聲。分濱滿谷種茶青。
排排層疊嶺，霧捲好風迎。
願寄此身方外，仙居不罣虛名。晨昏便步踏春行。
逍遙無忝志，月下醉浮生。

臨江仙 春雨

2002/春

送暖東風兼帶雨，繁花溢洗清嬌。煙迷蝶躲苑清寥。
樓前人悄醉，水畔柳低搖。
遠處青山愁不見，殘身只付零飄。簷牙滴瀝鬧終宵。
因誰情脈脈，對此意瀟瀟。

漁歌子 秋光 2001/秋

碧水含煙白露寒，紅楓醉舞菊香傳。
風壯野，日低山，閒牛懶步踏泥還。

滿江紅 慟九一一事件殉難警消人員 2001/秋

但秉忠誠，日繼夜、傾腔熱血。
問天下、劫災之處，幾時曾缺？
不計功名援苦難，只懷肝膽昭星月。
願世間安樂勝桃源，人歡悅。

忽驚見，天崩裂。忍驟聽，聲悽咽。
慟一塵煙散，萬魂灰滅。
浴火鳳凰心不死，柔情鐵漢腸猶烈。
歎暴行何苦累妻兒，今生別。

子衡

《詩人隨筆》

本名吳身權，雲林縣人，一九七四年生，台中文華高中畢業。
警察專科學校專十三期，現任台北縣政府警察局警員。
高中時代從事校刊編輯，開始接觸文學的領域，
其中《紅樓夢》更是影響我最深的書，伴我渡過了一段年少輕狂的歲月。
隨著踏入社會投入警界，每天爲了工作與生活忙碌著，
在那渾渾噩噩的三、四年，不曾認眞讀過一本書，《紅樓夢》亦深藏在書櫃裡。
隨著網路的發達，偶然的機會在聊天室內，結識了一些詩詞創作的朋友，
又觸動了蟄伏許久了心靈。

二〇〇〇年有幸奉調至台北縣坪林鄉，在那好山好水、工作較閒適的環境，
更是一頭栽入古典詩詞的世界，在好友寒煙翠的指導下，進入了【藝文聚賢樓】、
【古典詩圃】等網站，學習了傳統格律，並對古典詩詞有更深一層的認識。
隨著工作的調動，進入了繁忙的市區，又去了偏遠的馬祖體驗遊子的生涯，
生活上的變遷，卻都不影響對古典詩詞的愛好，反而以詩詞紀錄了生活。
此次發表示這兩年來的創作，作品都不大成熟，卻是點點滴滴學詩的心路歷程。

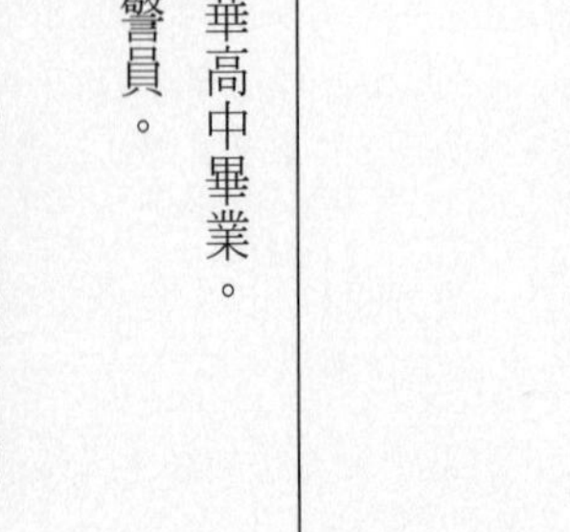

藏舍詩稿

樹迷曉霧重山上，霞落清風兩袖中

藏舍主人

【七絕卷】

試茶 1996

冷泉新葉綠方滋，壺外仙人不可期，
尋路山中有臞客，煙雲執手過青籬。

敬步季芳社長原玉 1997

醉月秋風勝管弦，高談賦就柏梁篇，
客舟聽雨懷今日，唯有清宵似此年。

補記：丁丑早秋夜遊草山，有他日分飛之嘆，
閒吟成篇兼致南廬諸賢友。

過集集明新書院 1998

雛鳳清鳴越故城，春風設帳有書聲，
栽成老樹時新綠，染遍山前是舊情。

夜雨偶作 敬步建良弟原玉兼懷故人 2000

落落山居春雨急，慣聽枕上未眠時，
幽人久隔連山外，一夜燈前冷自知。

七夕 敬步子惟學長原玉兼懷蝶君 2000

夢入寒帷憶舊年，逐塵花落小樓邊，
清吟一曲聲猶在，已散春風黯恨牽。

冬雨監考偶成 2001

一樓細雨浥輕煙，漫卷雲山在手研，
且試諸生王霸事，當今誰近惠王邊。

有寄　2001

鷓鴣早繡石榴裙，人比黃花瘦幾分，
誤識羅敷秦氏女，銷魂悵望鬢如雲。

麗水街隨筆　2001

依樹青牆黯綠苔，斜枝舊瓦月流來，
小春半鎖初更院，別在京華戶嬾開。

雨後一首敬呈文華夫子 2002

雲黯苑深小樓晚，驚風密雨不勝涼，
飛紅脂豔隨春盡，新柳依依向仞牆。

讀柳柳州詩一首再呈文華夫子 2002

瘴水千年渡楚臣，崇山一碧歷冬春，
長安久鎖煙波外，且種黃柑作僇人。

夜聞二胡曲 2002

檐蛛綸夢網初成，月鏤霜痕晚霧輕，
竹影花魂忽驚起，書樓燈火夜長明。

晨起至校即賦 2002

滿川蘆雪兼寒綠，野樹山藤更醉人，
一院書聲隨細雨，館鐘清響出煙塵。

借書 其一 2002

鳥跡天然學不成，從君問帖試濃輕，
一枝冷綠凝秋露，戲折臨摩漫縱橫。

注：與觀詩會課題漫成戲作，記借書往事二則，首篇末句未檢出律。

借書 其二 2002

花睡禽眠夜霧輕，宜經宜史好閒情，
不從君借靈均賦，愛讀齊諧鵬與鯨。

【五律卷】

重遊明潭 1998

山雲兼暮雨，水上遶鐘聲，
鬱綠侵新鬢，寒灰滯舊程，
同遊行色喜，孤客旅愁輕，
且入樓高處，天涯待晚晴。

旗津觀潮 1999

潮來天地闊，雲湧兀危崖，
夜溼青衫薄，蘆低野徑斜，
指星分畛域，觀海遠人家，
濤響聲千古，蒼茫向白沙。

秋夜雜感

2001

山城一夜雨，小巷更深秋，
月在原鄉好，詩同異客愁，
迷離燈遠近，寂寞霧去留，
獨立聽寒犬，聲聲入冷樓。

十二月十九日課後

2001

散學憐身影，書堂寂寞斜，
冷鐘傳教館，細雨入蘆花，
簾外雲無際，燈前日有涯，
闌干清響徹，佇聽忘還家。

【七律卷】

三峽祖師廟 1997

藝師已絕身形去，日落津橋廟影斜，
冷巷常年聞暮鼓，餘霞一水染蘆花，
驚呼百鳥朝梅樹，噓歎紅塵薄秀葩，
樓闕如今堪入畫，人間無處倩名家。

初鹿之夜觀原住民舞 1998

冷夜森清火燎天，老巫牽曲百迴旋，
聲停激蕩秋山外，舞起翻飛碎浪前，
鼓落笙揚荒色壯，更深野闊逸情翩，
傳呼佳釀遺來客，莫論塵間醉欲眠。

感遇奉呈南廬、望月兩社諸君 1999

車馬喧勞逐生計，臨篇有愧意相傾，
流雲似水清江色，碧柳含煙玉笛情，
寂寞常催詩客老，利名未就世人輕，
誤身筆墨終無憾，換酒思邀解者行。

奉陪文公夫子夜飲 1998

夫子春風醉滿堂，琉璃琥珀染冰光，
崑徽笛色周郎顧，漢魏文章杜老長，
小館微酣便笥飽，佳醅頻勸濁塵忘，
客城四載多師友，明歲歸鄉夢異鄉。

補記：戊寅暮冬與珀源、子弘奉陪 夫子小酌，師生盡興，復思來歲各自一方，乃有作奉呈師友。

讀傅孟麗女史所著余光中傳 2000

地圖客夢履垓荒，落日浮雲戀故方，
書肆尋常曉名姓，騷魂流宕向萸黃，
天涯久歲留詩卷，水際飛霞入玉堂，
山海晨昏歸白髮，人間風雅任評量。

夏暮重聽文華夫子杜詩堂上錄音 2001

向晚前年說杜甫，斜陽深院隔京華，
半醒北牖聽歸燕，常憶西堂入暮霞，
清響一時猶近處，轉蓬無數各天涯，
村居病嬾無新句，剪月輕箋夫子家。

車發蘭陽道上

2001

行行小站復城關，社鳥村花野叟閒，
淺綠深青疊幽壑，鬱藍淡碧壓晴山，
委施已醉煙雲裡，浩蕩宏開海陸間，
莫問來時歸去意，同看白鷺漫迴還。

師大文學院秋夜即事

2001

龍泉街雜雲和錯，燈火如潮夜未收，
近集聲華任騰擾，隔林黌宇自沉幽，
空疏西院寒鐘遠，清寂南樓晚課休，
風過無湖堪照影，且將亂髮付殘秋。

戲國文堂上晝寢諸生 2000

山林意懶倦功名，書劍無成氣不平，
未飲酣眠常半日，已醒低問復何生，
江湖道窄常相怒，雲海天高暗自驚，
燕雀安能知萬里，南冥萬里幾曾行。

【曲卷】

清江引 夏夜義理組讀書會散後 1998

風清雨後遲晚院，瀟瀟高歌遍，
舊朋談老玄，新客言內典，夜涼似如人醉淺。

藏舍主人

《詩人隨筆》

本名李啓嘉，臺灣臺南人，民國六十六年生。台灣師大國文系畢業，師大國文學系在職進修碩士班研究生，現任基隆市安樂高中國文教師。曾任南廬吟社創作組長、顧問；興觀網路詩會會監察人。現任興觀詩會召集人。曾獲大專聯吟創作優選、九十一年台北市公車暨捷運詩文七絕首獎，深好中國義理學及古典詩學。

詩者感於事，入於心，發於聲，而自幼習讀古人之作，指畫描摹，口誦心唯，亦有效顰之作。及負笈上庠，乃入南廬吟社習詩，忝任創作組長，講論共研，有師友相得之樂。而後復與李知灝、李岳儒諸君子創興觀網路詩會，同氣相求，分韻聯句，時有世外之趣。

偶有機緣，與【網路古典詩詞雅集】，交遊乃得愈廣，先後競作，長幼攻錯。然文之工拙，蓋出於才性，非徒學而能至。所作不求其工巧，亦不論其雅健，聊以歌哭，諷於當世，酬唱友朋而已。敬祈大雅君子，不吝賜教爲禱。

煙雨詩情

回首江湖多夜雨，扁舟一去任漂流

風雲

【五絕與七絕卷】

憐伯牙

1999/8/8

瑤琴感復彈，曲罷嘆行單，
萬古愁誰與，空將方寸殘。

新竹港南觀海

1999/9/19

浪捲千層雪，風遊萬里天，
遙思無盡處，海上一孤船。

補記：很喜歡看海，喜歡海的淡藍、海的寬闊、海的澎湃，
常獨自一人遊蕩於港南海邊，或看書，
或躺在大石頭上聽海的聲音，
隨手在沙灘上題一首小詩，享受一份心靈的自由⋯

墾丁南灣浮潛

2000/3/26

海底何其廣，浮潛樂趣多，
身隨潮起落，俯望彩魚梭。

遊苗栗仙山

1999/11/8

祥雲瑞氣依靈岫，裊裊寒煙漫太虛。
曲徑蜿蜒無止境，蒼松夕照晚風徐。

觀霧行後賦二首 其二 1999/12/16

深山數里絕人家，唯有蒼松向晚霞。
石上飛泉聲急下，林間疏竹影橫斜。

春愁 2000/5/10

幾番風雨幾番愁，目斷燕鷗江自流，
萬結丁香深院裡，子規啼血夢難留！

無題 2000/11/24

坐觀潮起退千愁，滄海登臨百事休。
回首江湖多夜雨，扁舟一去任漂流。

雪天望景 2001/2/12

寒鴉數點飛天際，枯樹千行到日邊。
大雪壓枝如欲斷，冰封大地少人煙。

注：寫於美加之旅返國機上

溫室花

2001/3/10

柔莖嬌葉室中悠，只識春風不識秋
清水澆來開幾朵，隔窗惑見野花愁。

懷思 二首選一

2001/5/6

望朱成碧淚紛紛，青鳥由來夢裡存。
雲雨巫山屬神話，空將錦瑟寄天孫。

注：天孫，織女星的別稱，借指伊人。

天灰欲雨偶懷

2001/7/24

墨染浮雲雨意濃，涼風颯颯動愁容。
昔時花草非今日，燕去天涯不見蹤。

觀網路亂象有感

2002/10/9

太虛濁濁參朱紫，無力迴瀾道已淪。
我欲乘風上天闕，不沾塵世一纖塵。

【五律與七律卷】

巧遇故鄉圖書館館長

2000/11/25

他鄉逢故叟，我意展濃眉。
四載浮雲去，五經書案隨。
寒喧知姓氏，對答憶兒時。
昔日臨窗苦，於今方列師。

觀霧行

2000/12/10

幽靜去煩心，風涼古木陰。
泉聲迴谷久，鳥囀入林深。
葉落知秋意，草搖逢野禽。
淵明如在世，應往此山尋。

遊鳥來

2001/3/7

層巒煙雨濛，隔岸鳥啼空。
人立櫻花下，水奔山霧中。
群枝生玉露，萬樹動寒風。
不羨青雲士，喜隨摩詰衷。

驚聞美國九一一恐怖事件

2001/9/15

九霄傳巨響，天柱竟夷平。
血染風雲變，灰飛草木驚。
堪憐黔首魄，應恨暴徒行。
期把主謀緝，祭之消世情！

寄友黃雍哲

2000/10/14

兩年軍旅不需愁，且看浮光逐水流。
退步觀天天愈闊，開顏賞景景常優。
人生何處無窮境，滄海盡頭存別洲。
應笑凡間憂自擾，蓬萊仙域本心求。

別後

2001/9/5

紅杏飄香漾水家，青青垂柳透窗紗。
捲簾無緒鞦韆靜，臨鏡生愁雲鬢華。
錦字織成何處寄，玉釵驚墜夕陽斜。
風敲竹響疑君至，但見庭前滿落花。

注：1.錦字，晉時竇滔任秦州刺史被徙流沙，其妻蘇蕙因思念丈夫，於是在錦上織迴文詩二百餘首寄之。
2.風敲竹響疑君至，引用唐李益《竹窗聞風寄苗發司空曙》詩意「微風驚暮坐，臨牖思悠哉。開門復動竹，疑是玉人來。」

無題

2001/4/22

獨立中宵誠爲誰？此情難訴鎖濃眉。
窗前好月無心賞，門外寒風有意吹。
空把相思付紅豆，何曾錦瑟寄香帷。
青陵千古幾人識，願學尾生橋下隨。

注：1.青陵，指「青陵台」。李白之《白頭吟兩句》「古來得意不相負，只今惟見青陵台。」傳說先秦韓憑娶貞夫為妻，兩人十分相愛，韓憑在宋做官，六年不歸，其妻去信深表思念，信卻被宋康王得到，便派人誘騙貞夫至宋，強為王后，貞夫鬱抑不樂，宋康王又把韓憑抓去築青陵台，韓憑自殺，貞夫請求臨喪，趁機躍入墓中亦死。

2.尾生，典出《莊子盜跖篇》尾生與一女子相約在橋下相會，女子未到，潮水忽然上漲，尾生不肯失信於女，抱著橋柱等待，結果被水淹死。

夢蠶 2002/2/9

飄搖風雨景蒼茫，寂寞梧桐對野桑。
朝吐千絲心未冷，夕成一繭願難償。
杜鵑啼破三春夢，蝴蝶翻飛十里香。
自古情多多自擾，畫圈只是斷柔腸。

注：畫圈，典出《圈兒詞》。

九二一災後三週年感懷 2002/8/15

地裡狂牛蹄亂踏，飛山走石瞬成災！
家園殘破魂猶顫，骨肉支離心更哀。
忍化悲愁隨水去，幾經風雨撥雲開。
鳳凰浴火重生日，聲自九天閶闔來。

注：九一年教育部「九二一地震三週年短文徵集」社會組優選

敬和子衡兄《維仁小發風雲寒舍飲酒》瑤韻 2002/10/7

東道多情招待殷，佳餚美酒佐詩文。
樽前吟唱音縈繞，席上閒談思不群。
手捧乾坤親古調，杯旋南北敬諸君。
今宵喜得同堂醉，明日天涯又一雲。

注：乾坤，本作「天地」解，此處指《乾坤詩刊》。

補記：十月四日與維仁、小發二兄於子衡家中夜飲，散後子衡兄成詩一首，今日始和之。

遊府城 二首選一 2002/11/17

廿五生朝雅興揚，驅車直至府城坊。
漫遊綺陌迷他路，細選佳餚犒己腸。
河畔華燈何耀耀，街旁古店更昌昌。
良宵且任形骸放，自有黃生伴我狂。

注：黃生，指國中同窗好友黃雍哲。

【詞與古體卷】

江城子 情路茫 二首選一

2001/1/1

天飄細雨景蒼茫，百柔腸，與誰量？
人倚危樓，風雨正敲窗。
鬖鬆千山愁萬里，情難獲，苦仍嚐。
朝雲暮散轉昏黃，獨添觴，漏聲長。
煙霧迷天，風動薄襟涼。
昨夜夢中還語咽，言不盡，淚何藏！

擣練子 春閨

2001/5/19

花盡落，雨猶垂，
半滴階前半亂飛。
何事春風掀繡帳，
害奴一夜倚窗窺。

南浦 秋懷

2001/9/25

洪水襲千家，夜漫長，窗前依舊飄雨。
踱步幾思量，新颱迫，寶島萬民堪慮。
誰憐處境？亂山崩石埋人腐。
土流斷路，望泥覆車房，驚惶無助。

愁雲慘霧迷天，陌間燕徘徊，狂風如斧。
城鎮景蕭條，災頻至，財產付波西去。
家園毀損，滿腔悲恨同誰訴？
乞天眷顧，期化解新颱，佑民安度！

注：值納莉風災未除，新颱利奇馬又將至。

釵頭鳳　過八德田間小徑　2002/7/30

天邊燕，田間蔓，去年曾見紅顏面。
春風逝，薰風替，幾經軍旅，苦辛誰寄？
瘁！瘁！瘁！
緣雖淺，情難斷，滿腔愁緒無人遣。
身憔悴，心無悔，錦囊依舊，手中頻對。
淚！淚！淚！

憶江南　人生如夢　2000/11/29

繁華夢，
終滅太虛中。
縱使始皇開八表，
當年氣勢盛如虹，
晃眼總成空！

高雄賣花嫗

2002/1/20

玉蘭花，玉蘭花，今朝香氣入幾家？
衣衫襤褸殷勤賣，人人見之久不怪。
雞鳴徘徊車站裡，月昇叫賣小巷中，
年高何事餐風露？淚水潸潸訴苦衷。
我本台南農家婦，坐擁良田千萬畝，
兒女一朝分家財，家財分盡無人顧。
嘆我養兒育女苦，誰料今時竟如斯，
十年寒暑異鄉過，幾度風雨孤身悲。
火車年年載客行，何曾載去傷心淚？
唯有忍淚賣玉蘭，所得勉強換一食。
莫憐老婦艱且辛，潦倒路邊尚有人。

補記：於高雄火車站常見賣玉蘭花之老婦人，一日忽有所感，故而借題成詩，詩中內容或有醒世作用。

處世自勉詩

2002/8/19

世路難！世路難！
世路之難難於登蜀道！
人心險惡勝劍刀，潔身一寸亦難保。
閭里流言傷曾子，宮庭毀譽逐靈均。
更有材大難用者，莫須罪名恨無垠。
古來賢士多命舛，善舞奸佞盡冠冕。
莫怨蒼天何不公，留取冰心堪自勉。
君不見天祥浩氣貫古今？
長存正氣必有鄰！

風雲

《詩人隨筆》

本名吳俊男，民國六十六年出生，高雄人，新竹師範學院初等教育學系畢業，喜好詩詞創作、吉他彈唱、國畫、攝影、看海、看電影，曾獲竹師校慶美展版畫入選、竹師青年新詩獎第三名、竹師清交中華四校聯合美展攝影獎、九一年教育部九二一地震三週年短文徵集社會組優選，曾任桃園八德市霄裡國小教師，現爲八德市大忠國小服役教師。

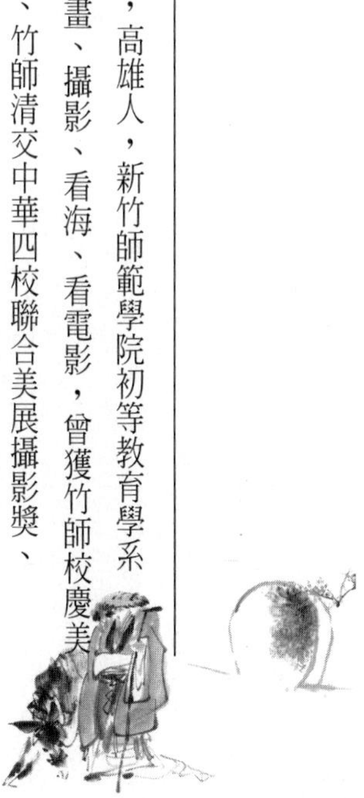

我在BBS的poem版上發表文章的ID爲folk，這是取自於folkguitar，也就是民謠吉他之意，因爲我喜歡彈民謠吉他，但是字串太長了，所以就直接用folk這個字。暱稱曾用過兩個：一個是「薰衣草」，另一個則是「風雲子」。第一個暱稱感覺上比較女性化，我是取自它的花語——「期待」之意；另一個「風雲子」的暱稱，顧名思義，就是風和雲的孩子，嚮往風、雲無拘無束的那份自由，大學畢業後，爲了與學生時期有別，所以去「子」逕稱「風雲」。

大三下學期以前從來沒想過自己也能寫詩，因爲高中聯考、大學聯考作文都拿到相當低的成績，對一個作文不好的人來說，寫詩無疑是一種天方夜譚的事，後來感情上不順遂，爲了抒發內心的負面情緒，開始在poem版上亂塗鴉。

新詩最早接觸到的是席慕容的詩，她的詩易懂而且總是能觸動人心，而第一次覺得近體詩撼動人心，則是從電視八點檔節目「圓月彎刀」中聽來的，當時聽到「滄海月明珠有淚，藍田日暖玉生煙，此情可待成追憶，只是當時已枉然。」由於配合節目劇情，當下即被此詩感動，亦將之默默背下，後來才知道原來是李商隱的七律《錦瑟》後半段。

大三升大四的暑假自行在Bise詞長的網站【藝文聚賢樓】中學習近體詩格律，後來網路上暱稱為「青衫詩客」的詞長又寄了一些近體詩的資料給我，對我學習近體詩的幫助非常大，令我茅塞頓開！在學習的過程中，楊維仁詞長亦不吝予以指教，使我寫作漸入佳境。大四畢業前，有感於網路上近體詩相關網站有如鳳毛麟角，於是自己也架了一個網站【紫諠谷】，希望能為古典詩詞之推廣略盡一己之薄力。

「詩是一種最精練的語言」，用最簡短的字句，表達出最豐富的涵意，新詩如此，近體詩更是如此。寫詩其實就像寫日記一樣，將某一刻的心情、感想和事件記錄下來，這是我寫詩以來所抱持的態度。新詩和近體詩之間，我個人比較喜愛近體詩，閱讀古人的作品眞令人感到愉悅，而在【雅集】上與世界各地的網友討論、分享、酬唱，更是人生一大樂事！很慶幸自己活在一個科技先進的時代，如果沒有網路，我現在可能還只是個連作文都寫不好的人。近體詩的世界是寬廣、深奧的，寫作近體詩對我而言，我想就是一輩子了！

詩薈唱酬

超越空間的對話

諸網路詩友見過作詩相迎

羅尚

【其一】

更於何處去尋詩，海嶽英靈悉在茲，
秋菊春蘭香不斷，高岑元白喜同時。

【其二】

江河不廢與時新，挽轉人間已逝春，
香火東寧三百載，諸君才調世無倫。

奉答戎老《諸網路詩友見過作詩相迎》敬次瑤韻　子惟（張允中）

【其一】

附依風雅學吟詩，哀樂無端念在茲，
指月拈花誰引路，高牆仰望拜當時。

【其二】

詩法胸襟日日新，壯懷依舊賦青春，
騷壇雅望如山岳，我公誰與競經倫。

敬和羅老《諸網路詩友見過作詩相迎》　小發

不逐虛名惟逐詩，求知豈可待來茲，
百千年後誰得見，惜取韶光共此時。

次韻奉答戎老《諸網路詩友見過作詩相迎》

楊維仁

【其一】

信手拈來便是詩，畢生才力粹於茲，
高吟已立千秋業，豈獨崢嶸傲一時。

【其二】

網際風華又日新，學吟雛羽正逢春，
初開黃口啼聲試，未敢矜誇韻絕倫。

敬步羅尚先生瑤韻

知遏

【其一】

平生學薄喜吟詩，幸伴諸賢共在茲，
萬種迷疑蒙未斷，靈虛一點電光時。

【其二】

詩門久貫古猶新，述志吟思好弄春，
雅夏風華千百載，才疏未敢並群倫。

敬和羅戎老瑤韻　卞思

懵懂青春懶學詩，人間輾轉竟於茲，
芳庭識得春風面，始恨輕狂年少時。

諸君侍戎老碧潭讌集不預　南山子（黃鶴仁）

人從河漢仰芝眉，我向貂山覓小詩，
想像凌風攀月桂，一般蕭爽載神馳。

六十自述 惜餘齋主人（林正三）

【其一】

雨打風篩六十年，艱虞世道易華顛，
典墳仍待經三絕，給俸終難市一椽，
國步迷離奚可說，家聲篤厚冀能傳，
餘生別有尋山夢，釣月耕雲自適然。

【其二】

門前車轄漸生塵，一卷南華養性眞，
與世周旋憑網路，臨風傲嘯寄吟身，
閑中古籍從頭檢，病後光陰著意珍，
韻學傳承猶在念，仔肩未卸等勞薪。

敬次林正三詞長《六十自述》原玉　敏翔（高明誠）

【其一】

教化欣逢耳順年，飛觴祝嘏仰山顛，
騷壇振采心如鐵，藝苑揚芬筆似椽，
翰墨投緣憑鼓吹，詩書養性賴宣傳，
門前冠蓋浮雲擬，梅竹迎春氣浩然。

【其二】

南華一卷絕囂塵，煮史烹經見性眞，
句寫三多揚大雅，詩題百歲祝強身，
文章報國人爭頌，禮樂承家世共珍，
花甲良辰賡韻學，松山壯麗好傳薪。

惜餘齋正三師兄花甲榮退敬步原玉二首　南山子（黃鶴仁）

【其一】

療疾耽吟適養年，更研聲律欲持顛，
編書志業懷匡俗，壽世詩歌作板椽，
桃李栽成春可駐，文章裕後老而傳，
從今花月渾閒事，風起雲興皆自然。

【其二】

不辭詩骨老寰塵，吟興從來只任眞，
夢蝶何年知幻世，梅花久已認前身，
雙清風月誰能愛，獨步聲音自可珍，
周甲遂初欣蔗境，還將絕學覓傳薪。

客旅感懷

李德儒

客地生涯夢一場，文章事業志難償，
床頭驚見黃金盡，鏡裏還添白髮長，
異族何能同待遇，人間無處不炎涼，
停杯欲向前賢問，甚道男兒應自強。

敬和李德儒詞長《客旅感懷》

碧雲天

世事常違苦且傷，衣襟塵滿又斜陽，
歡愉恰似韶光短，愁緒還隨客路長，
莫嘆前生埋困頓，相傳後代有瑤章，
幾杯濁酒來詩興，宜敞軒窗納晚涼。

步韻敬和李詞長《客旅感懷》 聒噪（吳嘉祥）

紅塵來去似過場，輒遇辛勞未得償，
淪落常因時運背，升騰仍患仕途長，
心存滿足能安逸，腹有悲愁自淒涼，
應待良機重奮起，男兒豈可不剛強。

敬步德儒詞長瑤韻 李微謙

一生大醉幾多場，嗟嘆知音舛素償，
逝者如斯流易盡，故人已遠道幽長，
窮通有命他鄉遇，進退無門世路涼，
已罷悠悠今莫問，且言柔弱勝剛強。

敬和李德儒詞長瑤韻　翠筠

人生半百已登場，美夢諸多尚待償，
窗下靜觀金鏡滿，案前懷遞錦箋長，
當知昨日非今日，且把他鄉作故鄉，
寫罷詩詞拋怨歎，五洲華裔更堅強。

敬和李詞長瑤韻　江南人家

客路人生如夢鄉，空懷壯志付文章，
案頭已覺青絲老，笛裏同吟日月長，
一樣悲歡憑酒暖，三分情勢歎茶涼，
梅花不睬天顏色，依舊嚴寒獨放香。

詩薈徵詩

【網路古典詩詞雅集】徵詩活動

詩題：瓶花
韻律：七言絕句，平聲韻不限韻目
左詞宗：羅尚先生
右詞宗：張國裕先生

【左元右眼】　李德儒

今年初度學司香，韻事何妨著意忙，
細看園林花百種，瓶中還是領春光。

【右元左花】　采石（張麗美）

憑卿生色又添香，解語憐人入草堂，
錦繡春光收玉膽，對枝還憶杜秋娘。

【左眼右花】　敏翔（高明誠）

仙枝點綴伴吟翁，自料離根色相空，
不與桃花爭冶豔，只留香馥在瓶中。

【左四】　碧雲天

獨愛東風此一枝，細裁纖骨入瓶瓷，
案前吟罷時凝佇，方寸盈盈兩共知。

【右四左十四】　望月

帶笑臨風香馥郁，含羞沐雨態娉婷，
憐花總恨春難駐，一片幽情共玉瓶。

【左五右十三】 采石（張麗美）

戀眷情絲比蝶深，分春野外伴清吟，
風華莫使歸塵土，偏向壺中養素心。

【左六右十】 儒儒

天光入戶小齋明，案上孤芳一水盛，
長日閒吟偶相望，枝頭笑臉正盈盈。

【右六左七】 小發

案前園內兩相宜，靜散幽香不自卑，
豈爲離枝少顏色，瓶中依舊展芳姿。

【右七左十五】 夜風樓主

回眸壓艷啓櫻唇，傾國名花不染塵，
翡翠瓶中誰與共，招來墨客賦詩頻。

【右八左十一】 李徵謙

芬芳落寞兩三枝，玉骨青瓷各有思，
清艷自憐無野色，好花堪羨幾多時。

【左九】 blue

疏密高低本不同，移花接木奪天工，
枯榮原是尋常事，總惜殘香一抹紅。

【右九左十三】 楊維仁

離枝未肯減芳鮮，紅映青瓷色更妍，
莫管榮華餘幾日，漫飄香郁到堂前。

【左十】 blue

四季花開自有時，瓶中置放莫非痴，
強攀硬折爲何事，只恐佳人見暮遲。

詩題：飲酒

韻律：五言律詩，平聲韻不限韻目

左詞宗：曾人口先生

右詞宗：陳俊儒先生

【左元右七】 楊維仁

聯歡同把盞，逸興任飛馳，
樂甚顏如熾，飄然意轉癡，
千杯何足畏，一醉不須辭，
多少紅塵恨，都銷酩酊時。

【右元】 卞思

舉盞誇豪氣，連乾色不徨，
按歌須擊節，隨興自成章，
休問何曾醉，當澆幾許狂，
從來知飲者，豈在酒中償？

【左眼右六】　碧雲天

有酒夜如何？中庭擊缶歌，
淺斟煩慮淡，濃醉逸情多，
揮袖風雲起，敞襟星月羅，
逍遙太虛境，把盞舀銀河。

【右眼左九】　詠青（張柳逸）

難得逢知己，欣嚐玉液香，
千杯追李杜，五斗步蘇黃，
口入吟情勃，身頹醉語狂，
如泥人告白，快意訴衷腸。

【左花】

沐雲（李榮嘉）

飲酒非兒戲，愚人壁上觀，
捧杯成李杜，擊桌是蕭韓，
語塞歌爲繼，眼盲心自歡，
今宵朋滿座，醉者晉高官。

【右花】

逸迎（吳春景）

我愛杯中物，隨身有杜康，
驅寒三碗飲，解悶一壺嚐，
客至詩情勃，人來酒興長，
傳聞淵赴宴，醉後睡龍床。

【左四】

李德儒

圓通自不如，老去尚耽書，
每效劉伶醉，常思陶令居，
西窗銀燭暗，風月世情疏，
綠蟻長相伴，清談誰共余？

【右四左五】

子樂（林智鴻）

好景留人坐，飛花入酒香，
清風颺麗曲，朗月照瑤章，
一盞須連夢，千瓶莫斷腸，
青蓮焉不醒？惟乃帝荒唐！

【右五左六】

子衡

若君眞解飲，醉底復何如？
濁酒邀明月，孤燈佐漢書，
悲來歌子夜，感至夢華胥，
且縱狂杯滿，吟醺以誌余。

詩題：車票

韻律：七絕，下平一先韻

左詞宗：張夢機先生

右詞宗：林正三先生

【左元右元】　楊維仁

車程起訖記周全，一票遙將兩地連，
片紙輕盈收指掌，前途在握不茫然。

右評：前途在握，自不茫然。
善於借物喻意，造語亦雍容典雅。

【左眼】 壯齋

車馬將乘價百錢，憑持方寸達天邊，
且瞋片紙無情甚，不解離人淚可憐。

【右眼】 小發

凝眸窗外景如煙，思緒隨車度陌阡，
莫道前程猶未卜，夢憑寸紙向天邊。

右評：有夢最美，希望相隨，是富於進取者也。

【左花】 碧雲天

憑此離人把夢圓，我登車去向何邊，
掌心一票望前路，霧鎖千山獨惘然。

【右花】 卞思

寄旅何愁世路遷，縱橫盡在掌中箋，
憑虛得馭風輪轉，任我逍遙到日邊。

右評：造語凝鍊，立意雍容。

【左四右六】 詠青（張柳逸）

書明起迄日時年，送往迎來數易牋，
薄薄焉知無用處，憑伊遊子喜團圓。

右評：起承尚有進步空間。

【右四左五】 紀塵

離家謀事已多年，兩處相思一紙牽，
水闊山長歸路遠，憑伊換取故鄉前。

右評：深於情者，詞語亦佳。

【右五】 聒噪（吳嘉祥）

數年萍寄少人憐，誰解親情萬里牽，
此夜歸心能實現，全憑一紙上車權。

右評：鄉思親情，全憑一票維繫，羈旅之苦況，猶以早期更甚。詩蓋概乎言之。

【左六】 風雲

區區一紙百城連，千萬行人賴以遷，
登軫三思先購票，莫招非議把身纏。

左詞宗總評：

本次徵詩題目是「車票」，這題目在我來看應屬詠物詩，詠物詩的最高境界是「物即人，人即物」，但是車票這個題目不好寫，很難達到這種境界。詠物詩除了要避免寫成猜謎語以外，最好具有複意、深意，也就是人、物雙寫，句句寫物，物物有人，言於此而意於彼，方成佳作。

這次我評選的標準，是必須句句扣題，每一句都繞著主題發展，又要合於常理而有章法，以此標準來看，此次參賽作品中僅所取第一名者完全符合，是為佳作，其他的詩作，或多或少都有些缺失。

再就第二與第三名而言，二者的章法差異不大，內容上第三名者較有詩意，情味實在高於第二名，但是車票上一定記有起迄地點，絕不會是不知所向何處的，第四句顯然與常理不合，幾經考慮，終落於第三。

此外，其他的缺失還有：詞意表達不夠清楚，以及所用詞彙不符現代景況等。

白海棠唱和輯

原載紅樓夢三十七回白海棠詩六首，網路古典詩詞雅集會員步韻唱和。

小發

仙葩底事出天門，時雨偏憐潤玉盆，
盡洗鉛華還本色，空期桂魄護冰魂，
綠霞霜掩猶含恨，曉日煙銷不著痕，
豈爲爭妍度塵世，卻教蘭質染氛昏。

子惟（張允中）

幽香飄渺透華門，明鏡瑤娥落素盆，
洗出三生絳珠淚，夢回五鼓雪冰魂，
霜毫難倩描霜影，舊韻重裁賦舊痕，
從古情緣如電幻，春過誰與伴晨昏。

卞思

紅門看盡看蓬門，冰魄何需藉玉盆？
影按秋聲凝綠意，姿分月色競霜魂，
淚容曾苦多情眼，風致還酬舊夢痕，
應是三生緣有信，素心無恙度晨昏。

子衡

鉛華未染在朱門，也綻清霜傲玉盆，
繁梗秋宵承魄影，疏香冷苑淨芳魂，
孤身綽約猶懷夢，一夕飄殘豈有痕？
潔瓣還須潔泥葬，荷鋤歸去已黃昏。

碧雲天

濛濛細雨掩重門，寂寞淒清落玉盆，
去歲心同今日意，今朝花少去年魂，
誰憐素粉凝霜淚，獨見瘦枝經雪痕，
風度秋千無影跡，一鸝啼破冷黃昏。

詩嫻（吳漪蔞）

清姿搖曳傍荊門，葉茂枝青密覆盆，
縱有佳人憐淡彩，曾無雅士戀香魂，
阿誰賞識含羞樣？獨我揮彈落淚痕，
自忖容顏難出眾，籬邊避處數晨昏。

李凡

一網騷人聚此門，深研花樹細研盆，
誰見胭脂冰雪影，何來霜露玉肌魂？
紅樓盡是風流種，墨客偏多筆淚痕，
艷放凋零本無意，情牽醉絆自昏昏。

左岸沉思

優雅清姿半倚門，瘦霜淡彩更盈盆，
陶詩且伴邀琴酒，莊蝶還來入夢魂，
林下春蟬啼舊事，枝頭嫩綠畫新痕，
織娘勤做花間客，染就芳菲晨與昏。

壯齋

蜀生佳卉下天門，輕點胭脂染玉盆，
妍貌常牽騷客韻，雪姿久得墨人魂，
應同工部祠堂嘆，曾憶明妃月夜魂，
自古生年何滿百，海棠猶與共晨昏。

故紙堆中人

蒼竹重重鎖苑門，朝霞那得映寒盆，
滿腔黯恨鎔卿骨，數縷秋思對爾魂，
風泣孤枝疑夢境，雨愁群葉豈啼痕，
青山強作紅顏老，獨倚素冠對夜昏。

李德儒

一樣生涯兩扇門，分栽墻角落高盆，
墻邊慘淡無顏色，盆內馨香惹蝶魂，
自擁芳華凌白雪，誰憐倩影印苔痕，
同根千載難同命，底事懸殊怨夕昏。

風雲

嬌容半掩倚朱門，疑是霜娥降玉盆，
飛燕猶輸七分色，玉環應愧一冰魂，
可憐宿雨摧雲鬢，誰爲新妝拭淚痕？
深院西風吹又止，無人解語度黃昏。

羽靈

夜來移影上朱門，節壯根盤出小盆，
勁骨迎天勾月魄，嬌容掃地引詩魂，
無端雨散枝頭鳥，有意風尋葉底痕，
既得多情曹子慰，殘花何必恨黃昏？

小發

前身已恨守長門，此世堪憐限矮盆，
玉蕊蒙塵羞著色，素心含苦欲離魂，
容顏恰似階前葉，恩寵常如水面痕，
幾度曲終人散後，獨留寂寞向黃昏。

儒儒

端方六賦出曹門，欲作效顰尋玉盆，
網路點看驚素女，百科翻見悼幽魂，
白花日下猶爲雪，芳氣圖中不著痕，
唯念榮寧抄沒後，海棠何處對晨昏。

忘云

怡人清麗倚紅門，秀骨含香沁玉盆，
淡綠輕衫添雅意，微紅暈色惹詩魂，
婷婷傲潔迎秋冷，朵朵冰肌去琢痕，
世俗如何偏不棄，慵嫻姿態笑黃昏。

楊維仁

凡株移植入豪門，供養尊優在玉盆，
春日遲遲休抱恨，秋心漠漠獨銷魂，
素粧不許染塵色，潔瓣依稀沾露痕，
清影還期清客賞，庭前延佇枉晨昏。

無爲

掩映西湖對苑門，靈根倚砌不栽盆，
玲瓏逸態疑仙骨，淡蕩清香醉客魂，
爛漫爭枝聞鳥語，飄零帶雨落花痕，
生於俗世矜持久，恐負青春弄曉昏。

詞萃選錄

今古詞章同此情

夏季號徵詞—醉公子

聒噪（吳嘉祥）

隱蟬鳴碧樹，小閣斜陽暮。背倚石欄杆，眼觀龍舌蘭。
但斟邀月酒，因乏吟詩友。獨飲解無聊，風涼醉意消。

紀塵

午後南風靜，鳴蟬催夢醒。戀侶樂相偕，賞花遊舊街。
驀然思昨日，笑語成追憶。遠望白雲深，伊人何處尋？

小發

花落歸塵土，何須頻惜顧。舊夢不堪言，邀杯向晚天。
醉問池邊柳，底事長垂首。但爲客無情，亂絮逐風輕。

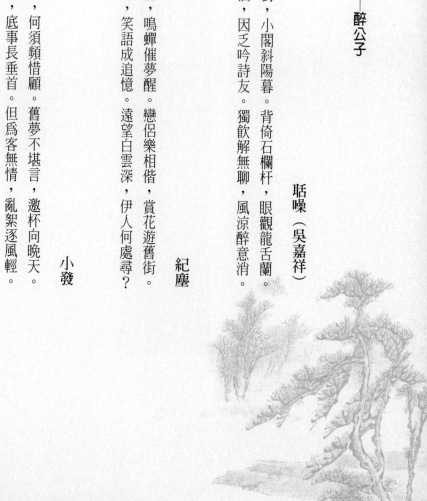

詩嫻（吳漪萋）

晴空河漢顯，池面波光炫。園裡桂花香，心中詩意長。
疏螢池畔舞，明月雲間露。舉茗問嬋娟，三秋可得閒？

子衡

仲夏良宵短，酒意添慵懶。醉笑月兒遲。三更上柳枝。
幾筆荒唐字，聊寫紅塵事。獨詠已堪顛，何須伴管絃。

春愁

風雲

底事紅花落？應是春情薄。杜宇泣幽林，聲聲傷妾心。
旖旎清河畔，徒教方寸斷。青鳥若知人，相思寄夢魂。

碧雲天

小院流螢轉，池畔蛙聲亂。仰望碧天青，牛郎織女星。
今夜風如水，花好愁難寐。有酒復如何？隻杯酹月娥。

李德儒

番鼓加弦索，未使民歡樂。下里與陽春，相看付劫塵。
嬴政坑儒儒，怎料咸陽火。典藉化飛灰，阿房不復回。

思虹

素心涵琬琰，粉頰霞光瀲。池畔賞芙蓉，悠悠覓舊蹤。
綠柳殷招手，彩鴛頻喚友。踽踽眷纏綿，依稀攬儷妍。

答友人留滬不歸

故紙堆中人

晝長春夜短，南風朱閣暖。金釧小樓憑，浮雲千里平。

身被儒冠誤，山水迷歸路。芳草莫萋萋，還家非此時。

秋季號徵詞—極相思

詩嫻（吳漪萋）

嵐輕曉月如鉤，倚岸盼歸舟。
心中每嘆，流雲少佇，過雁難留。
往事已矣難重數，人何在？落寞盈眸。
迄今常至，相知湖畔，揮別橋頭。

子樂（林智鴻）

桂香竟落誰家？花月各天涯，
西樓深坐，畫屏半掩，語咽琵琶。
夢路已斷無由見，待何年、再敘韶華？
唯聽風唱，雙重心事，一曲清笳。

小發

憑樓獨望雲岑，暮色染秋林。
蓬飛絮墜，韶顏漸遠，陶徑難尋。
世外桃源應傳說，千古來、誰復登臨？
漁塘半畝，桃花幾樹，自適清心。

紀塵

情人笑語花叢，好月醉波中。
輕舟一葉，浮萍數點，共舞春風。
追憶恨比千山路，需幾日、驀地相逢？
小樓深巷，闌珊燈影，心事重重。

思鄉

火旺仔

每番秋去還濃，撩我夢魂中。
庭前月下，鄉思易惹，幾許愁容。
聽得鳴蟬連枝噪，憶故園，應是楓紅。
不如歸去，鍾情山水，莫再匆匆。

攜兒女重遊高美濕地

思虹

駭童嬉樂融融，沙堡砌玲瓏，
秋潮聲遠，人潮熱絡，獨望鴻濛。
紫幕吞霞催上路，後座滿，
旁座虛空，倦兒酣睏，車嚚伴我，湧淚思虹。

編後語

《卜思》

稍具經驗的編輯都知道，出合集是困難的，尤其是一群平輩朋友的合集。

困難的不是事情，而是人情。從事文學或藝術創作者，哪一個沒有三分自負與傲氣？平常大家一團和氣，眞要把自己的作品出版成書，由於每個人的想法、經歷、價値觀不同，各自都會有自己的堅持與意見，於是這個要這樣、那個要那樣，難爲編輯事小，流產不出、甚至好友反目事大。

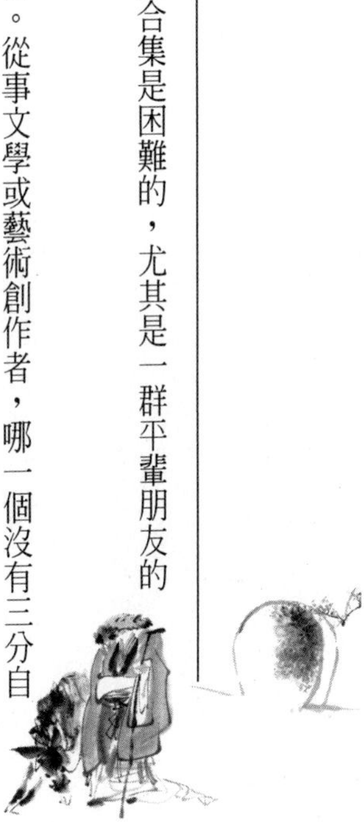

雅集的朋友在出版這本詩集的過程中有沒有這樣的情形呢？老實說：當然有！因爲我們也只是平常人，有常人的習性、常人的想法與常人的執著滯礙。有些朋友期待這本詩集肩負著崇高的歷史價値與使命，有些朋友則以留存生命中特殊經驗來對待；有些人希望它兼具商業與推廣的價質，有些人又認爲「詩以自娛，非以娛人」。於是吵吵嚷嚷、臉紅脖子粗的場面也出現過好幾次。從負面看待，各持己見、自以爲是，個人的修爲也不過如此；從正面看待，大家都是爲了讓詩集更好，而勇於貢獻心思與腦力，這樣的團體多麼生氣蓬勃！

有爭執、有溝通，也才有理解、有共識。這本書的呈現一定不盡如人意，甚至可以說都不是每個人心中期待的完美形象，但這是每個人都尊重其他人的心情、妥協自己的部分堅持，卻不輕言放棄，所形成的結果，而這份心，正是雅集得以維繫的活力，也正是這群朋友和一般人不一樣的地方。

也許有感於我們這樣的一番赤誠，很難得的邀請到詩壇重量級前輩——羅尙先生、張夢機先生與林正三先生爲本書寫序，這對我們這些初出茅廬的後生晚輩而言，當眞是無上的光榮！

我們知道本書中的作品純爲不成熟的習作，前輩們的厚愛實基於推廣古典詩詞的心情，而對年輕人的一種鼓勵，在此再一次致上萬分的謝意！

國家圖書館出版品預行編目資料

網川漱玉：網路古典詩詞雅集週年紀念詩集 /
李德儒等作．——初版．——臺北市：萬卷樓，
民92
面：公分

ISBN 957-739-432-9（平裝）

831.86　　92002592

網川漱玉——網路古典詩詞雅集週年紀念詩集

作　　者　李德儒．卞思．楊維仁．碧雲天．望月．小發．寒煙翠．子衡．藏舍主人．風雲
發 行 人　楊愛民
出 版 者　萬卷樓圖書股份有限公司
地址：台北市羅斯福路二段41號6樓之3
電話：(02)23216565 · 23952992
傳眞：(02)23944113
劃撥帳號：15624015 萬卷樓圖書股份有限公司
網址：http://www.wanjuan.com.tw
E-mail：wanjuan@tpts5.seed.net.tw
出版登記證　新聞局局版台業字第5655號
責任編輯　李佩玲
美術設計　黃聖文
總 經 銷　紅螞蟻圖書有限公司
地址：台北市內湖區舊宗路二段121巷28號4樓
電話：(02)27953656(代表號)
傳眞：(02)27954100
E-mail：red0511@ms51.hinet.net
I S B N　9577394329
定　　價　新台幣240元
出版日期　2003年2月23日初版